OS DIÁRIOS DE BLUEBELL

OS DIÁRIOS DE BLUEBELL

A vida depois de Iris

NATASHA FARRANT

TRADUÇÃO DE MARILENA MORAES

wmf **martinsfontes**

SÃO PAULO 2014

Esta obra foi publicada originalmente em inglês com o título
AFTER IRIS: THE DIARIES OF BLUEBELL GADSBY
por Faber and Faber Limited
Copyright © Natasha Farrant, 2013
Série criada por Working Partners Limited.
Todos os direitos reservados. Este livro não pode ser reproduzido, no todo ou em parte, nem armazenado em sistemas eletrônicos recuperáveis nem transmitido por nenhuma forma ou meio eletrônico, mecânico ou outros, sem a prévia autorização por escrito do Editor. O Copyright, Designs and Patents Act de 1988, Seção 77, garante a Natasha Farrant o direito de ser identificada como autora deste livro.
Copyright © 2014, Editora WMF Martins Fontes Ltda.,
São Paulo, para a presente edição.

1ª edição 2014

Tradução
MARILENA MORAES

Acompanhamento editorial
Márcia Leme
Revisões gráficas
Letícia Braun
Márcia Leme
Edição de arte
Katia Harumi Terasaka
Produção gráfica
Geraldo Alves
Paginação
Studio 3 Desenvolvimento Editorial

Dados Internacionais de Catalogação na Publicação (CIP)
(Câmara Brasileira do Livro, SP, Brasil)

Farrant, Natasha
 Os diários de Bluebell : a vida depois de Iris / Natasha Farrant ; tradução de Marilena Moraes. – São Paulo : Editora WMF Martins Fontes, 2014.

 Título original: After Iris : the diaries of Bluebell Gadsby.
 ISBN 978-85-7827-866-3

 1. Ficção – Literatura infantojuvenil I. Título.

14-06084   CDD-028.5

Índices para catálogo sistemático:
1. Ficção : Literatura infantojuvenil   028.5
2. Ficção : Literatura juvenil   028.5

Todos os direitos desta edição reservados à
Editora WMF Martins Fontes Ltda.
Rua Prof. Laerte Ramos de Carvalho, 133   01325.030   São Paulo   SP   Brasil
Tel. (11) 3293.8150   Fax (11) 3101.1042
e-mail: info@wmfmartinsfontes.com.br   http://www.wmfmartinsfontes.com.br

Para Justine e Lily

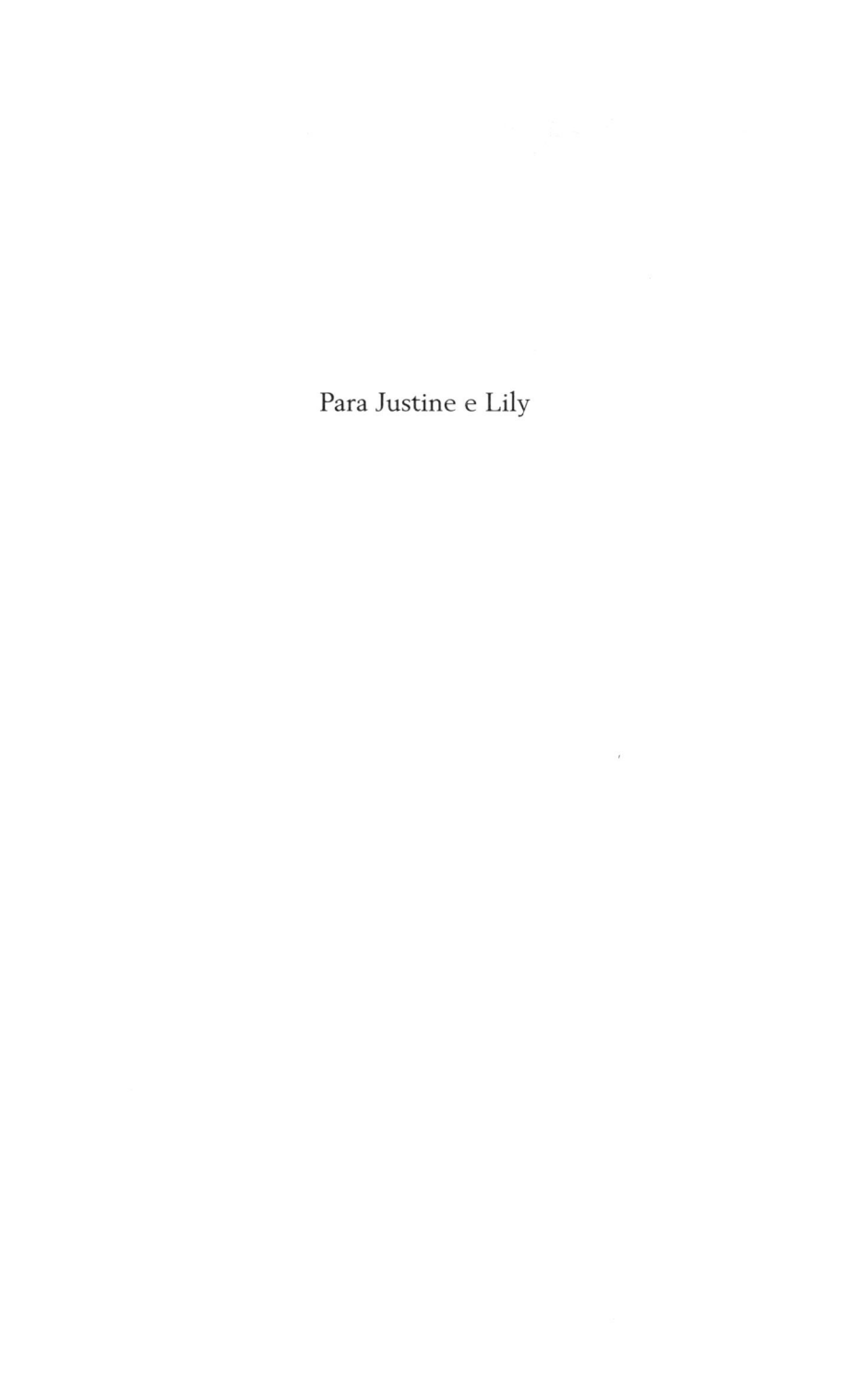

Este livro é uma junção das anotações convencionais do diário da garota Bluebell com a transcrição de pequenos filmes que ela começou a fazer no fim das férias de verão com a câmera que ganhou no seu aniversário de 13 anos.

LONDRES

O diário filmado de Bluebell Gadsby

Cena 1 (Transcrição)
Outro dia perfeito no paraíso

DIA. RESIDÊNCIA DA FAMÍLIA GADSBY. JARDIM.

A CINEGRAFISTA (BLUEBELL) se detém num par de pés calçados com All Stars desgastados (dela mesma) antes de fazer uma panorâmica enquadrando os degraus de pedra que descem até o jardim, onde FLORA (16, sua irmã mais velha) está se bronzeando de biquíni. À sua volta estão espalhados o iPod, o celular, um bronzeador, uma garrafa de água e várias revistas. Ela está lendo um livro.
    Panorâmica para a direita, seguindo o som de gritos, onde os irmãos mais novos, JASMINE (8) e TWIG (10), estão brincando no balanço, debaixo de um plátano. Jasmine cai. Twig grita. Jasmine geme. O sangue escorre de seu lábio cortado, manchando o vestido rosa rasgado. Twig - já sem gritar - corre para a casa. Panorâmica para a esquerda,

de novo para Flora aumentando o volume do iPod; em seguida, interior, cozinha. A imagem treme quando a CINEGRAFISTA (ainda Blue) puxa um pano de prato do fogão. De volta ao exterior, *close* do rosto manchado de sangue de Jasmine. A imagem fica invertida quando a CINEGRAFISTA coloca o pano de prato no lábio de Jasmine.

JASMINE
Ai! Ai! Ai!!!

TWIG
Eu não tenho culpa! Eu não tenho culpa!

FLORA
EI, *SERÁ QUE DÁ* PARA EU OUVIR MINHA MÚSICA?

Sexta-feira, 26 de agosto: manhã

Hoje de manhã, Flora ouviu um barulho na cozinha e disse que não era justo ela descer sozinha.

– Só porque sou a mais velha não quer dizer que tenho de ser a primeira a morrer.

Então pegamos o que deu para pegar, um taco de críquete para Twig, raquetes de tênis para Jas e para mim, e o grande remo que o papai ganhou em Oxford com os nomes da tripulação de seu barco para Flora. Para uma família que não pratica esporte, temos uma enorme quantidade de equipamentos. Jas disse que o papai mataria Flora se ela quebrasse o remo, e Flora disse que se lembraria disso quando toda a família tivesse sido assassinada porque ela não estava com a arma certa. Mas acabou não sendo necessário acertar o ladrão, porque, quando chegamos à cozinha, descobrimos que se tratava de Zoran, e, embora ainda não soubéssemos quem ele era, seu avental florido, suas sandálias e sua barbicha o deixavam parecido com o senhor Tumnus de *Nárnia*, que, todo o mundo sabe, no final estava do lado do bem, apesar de ter seus maus momentos.

– Quem é você e o que está fazendo aqui? – Flora perguntou.

– Fui contratado como babá – disse Zoran.

– Babá! – gritou Flora. – Como assim?

Zoran olhou para Jas com o que o papai chama de *olhar significativo*, e ela mordeu o lábio para não vermos os pontos que tinha levado no hospital.

– Sua mãe me telefonou ontem à noite – disse Zoran. – Ela estava preocupada.

– Mas *de onde* ela conhece você? – perguntou Flora.

Todos olhamos para ele. Parecia muito improvável a mamãe conhecer alguém como Zoran.

– Através do seu pai – disse Zoran.

– Ah – Flora disse.

E foi isso. Zoran não entrou em detalhes, e nós não perguntamos mais nada.

– Vamos dar uma ajeitada aqui? – foi, na verdade, o que ele falou. – Aí tomamos café todos juntos.

Ele mostrou certo desânimo quando falou da arrumação e reparou na cozinha; confesso que entendi bem por quê. Flora mantém seu quarto em ordem, mas trata o resto da casa como um chiqueiro. O resto de nós só faz bagunça.

– *Alguém* nesta casa lava a louça? – Zoran fez a pergunta olhando para o teto, como se Deus realmente pudesse se importar com isso.

– É só a louça de ontem – Flora disse.

Zoran sorriu debochado quando pegou uma pilha de pratos. Eu poderia ter avisado a ele, mas não avisei. Deu um passo para trás, pisou no Aston Martin DB2/4 Competition Spider de controle remoto de Twig, e desapareceu em meio aos cacos de louça.

*

Zoran avisou que tinha batido com a cabeça. Os bebês (Twig e Jas) se sentaram de pernas cruzadas perto dele e fizeram ataduras com um lençol que encontraram na máquina de lavar. Flora as enrolou na cabeça dele, enquanto explicavam sobre o Aston Martin.

– Eles são para os ratos – disse Jas. – Temos três. Brancos, de olhos cor-de-rosa.

– Usamos as gravatas do papai para prender os ratos nos carros, e então organizamos uma corrida – Twig explicou. – Temos montes de modelos diferentes. O Spider é meu, mas está tudo bem, porque você não estragou o carro.

– Eu tenho um Jaguar XK120 – disse Jas. – Os ratos adoram, amam de paixão.

– Pronto! – Flora acabou de enfaixar a cabeça de Zoran e fez o rapaz se olhar no espelho.

Zoran engasgou. Jas começou a gritar, porque rir esticava seus pontos. Twig bufou tanto que saiu ranho de seu nariz.

– Ah, meu *Deus*! – gritou Zoran – Estou parecendo uma múmia egípcia!

– Você disse que bateu a cabeça! – protestou Flora.

Zoran a olhou atravessado, mas Flora lhe deu seu sorriso de nariz franzido, o que a faz parecer ter 10 anos, não 16. Ninguém resiste àquele sorriso.

– Obrigado por me salvar – Zoran resmungou.

Então, Flora começou a rir também, e logo estavam todos rindo, embora Zoran risse menos do que os outros.

– Eu queria ter filmado isso – eu disse.

Todos olharam para mim.

– Você falou! – disse Zoran – Estava me perguntando se você sabia falar.

Agora Zoran estava de pé, e os bebês rodopiavam em torno dele com um rolo de papel higiênico, terminando o processo que Flora tinha começado. Teria dado um bom filme, também, mas o que eu queria pegar – e fiquei chateada por ter perdido – foi o olhar que Zoran e Flora trocaram quando ele disse que estava parecendo uma múmia egípcia.

Foi só ela sorrir que ele se derreteu.

Foi então que eu soube que não precisávamos ter medo de Zoran.

O diário filmado de Bluebell Gadsby

Cena 2 (Transcrição)
Mãe e filha

DIA. JARDIM DOS GADSBY.

Novamente o jardim, agora visto de cima, através dos ramos do plátano. A MÃE, com a roupa de trabalho, mas descalça, está podando um arbusto de lavanda com uma tesoura enferrujada. Depois que todas as hastes estão cortadas, ela se agacha e as reúne em uma cesta que trouxe para isso. Esconde o rosto nas mãos, e seus ombros relaxam quando ela inala o cheiro das flores.

FLORA, também descalça, com um short feito de uma calça jeans cortada, aparece no alto da escada da varanda de pedra. O som não chega à câmera, mas é óbvio que está aborrecida. A mãe dá um passo em sua direção, em seguida para e pega uma haste da cesta. Corre o indicador e o polegar ao longo do caule para tirar as flores, que ela esmaga no pulso. Inala de novo, depois abre a mão e a estende. A brisa espalha as flores. A mãe ajeita os ombros e se vira para a filha zangada.

A imagem esmaece até escurecer, enquanto BLUE desliga a câmera para descer da árvore.

Sexta-feira, 26 de agosto: tarde

– Ele é estranho – Flora disse, de volta à cozinha.

– Ele era aluno de seu pai. Está fazendo doutorado em literatura medieval e é um jovem muito agradável – a mamãe voltou a calçar o *escarpin* Louboutin de sola vermelha, que a faz parecer mais alta do que Flora.

Elas não podiam me ver, eu estava bem atrás da porta. A mamãe parecia minúscula através da câmera, mas eu via sua mão abrindo e fechando, como ela geralmente faz quando está brigando com Flora.

– Nós nem *precisamos* de babá – gritou Flora. – Eu tenho 16 anos! Em alguns países, já estaria casada.

– Ele não é babá, ele é *au pair**. E você não está *em alguns países*.

Flora, com raiva, não disse nada. A mamãe estendeu a mão para tocar no braço dela, mas ela se afastou. Mamãe suspirou.

– Agora que o verão terminou, vou viajar de novo; com o seu pai baseado em Warwick, é claro que precisamos de babá. Deixei seus irmãos com você *por um dia*, Flora, e Jas acabou no hospital! Zoran pode ajudar com a lição de casa quando a escola recomeçar. Seu pai diz que ele é muito inteligente. E vai ser divertido para Twig e Jas, será como ter um irmão mais velho.

– E a Blue?

– O que tem a Blue?

– Eu *o quê?* – perguntei, e as duas pularam.

– Pare de *assustar* as pessoas! – Flora disse. – E pare de *olhar* todo o mundo através dessa porcaria dessa câmera.

– Não está ligada. E não é porcaria de câmera.

– Você tem dever de casa, também – a mamãe disse.

....
* Pessoa, geralmente estudante estrangeiro, contratada para cuidar da casa e das crianças em troca de moradia e refeições. (N. da T.)

– Mas eu nunca preciso de ajuda com o dever – destaquei.

– Gênio – murmurou Flora, mas a mamãe sorriu para mim.

– Então ele vai ser apenas uma presença, querida. Uma alegre presença.

*

Era uma vez, há uns catorze anos, dois pontinhos que viraram grãos, que viraram feijões, em seguida bebês, e eles viviam no mesmo saco cheio de água quente, onde eram alimentados através de um longo tubo que ia direto para seus estômagos. Os bebês criaram orelhas, bocas e dedos, das mãos e dos pés, e viviam enroscados um no outro. Os médicos tiraram fotografias deles, e as pessoas diziam que eram como duas ervilhas em uma vagem. Mesmo antes de nascerem, seus pais chamaram os bebês de Iris (íris, em inglês) e Bluebell (campânula, em inglês) – nomes primaveris para bebês primaveris, disseram. Quando chegou a hora de saírem da água, todo o mundo pensou que Bluebell viria primeiro porque ela era maior, mas Iris passou na frente e saiu tão rápido de cabeça para o mundo que a parteira quase a deixou cair.

Vovó diz que nada jamais conseguiria deter a pressa de Iris, nem mesmo eu. Foi assim que ela nasceu e, nove anos depois, foi assim que morreu.

Iris morreu há três anos. Flora chorou muito quando isso aconteceu, mas talvez agora ela já nem pense em Iris. Não como eu. Às vezes sonho que ainda estamos dormindo enroscadas uma na outra e, quando acordo, meus braços procuram por ela. Uma vez, a vovó estava passando um tempo conosco depois do enterro e comentou que há pessoas que não precisam se falar para uma saber o que a outra está pensando, e que Iris e eu tínhamos uma ligação especial porque éramos gêmeas. Ela contou que, na guerra, soldados amputados continuavam a sentir o braço, a perna ou o pé que havia sido cortado, e que, para mim, perder Iris tinha sido a mesma coisa. Ela disse que a lembrança de Iris estaria comigo para sempre.

– Como um soldado sem pé – Flora disse. – Blue vai ter de pular com um pé só – acrescentou, mas a vovó disse que o sentido de suas palavras não era esse, de jeito nenhum.

No começo, assim que Iris morreu, eu a via em todos os lugares. Ela parecia tão próxima que eu achava que nossas sombras tinham se misturado. Agora, às vezes, quando estou filmando e o sol está atrás de mim, vejo minha própria sombra e ainda finjo que é a dela, mas não é a mesma coisa. E a mamãe, falando de irmãos mais velhos e presenças felizes, me faz ter vontade de gritar, porque sei que não é disso que ela está falando; na verdade, ela está se referindo a Iris e à sua triste ausência.

O diário filmado de Bluebell Gadsby

Cena 3 (Transcrição)
O piquenique da família no feriado bancário

DIA. UMA ÁREA DE PIQUENIQUE EM ALGUM LUGAR DO PAÍS.

Uma toalha de mesa está estendida debaixo de um carvalho. Pão, queijo, potes de homus, azeitonas e folhas de videira. Tomate, presunto, pasta de morango num Tupperware. Uma garrafa de vinho branco pela metade. O PAI está deitado de costas, com um velho chapéu de palha sobre o rosto. Está de calça de brim amassada, camiseta de algodão e casaco de *tweed* com remendos de couro nos cotovelos. A MÃE está deitada a seu lado, apoiada nos cotovelos, observando JASMINE e TWIG construírem uma barragem na entrada do bosque próximo. FLORA está sentada de pernas cruzadas, de costas para eles, ouvindo seu iPod. O som indefinido do aparelho vibra ao seu redor. O pai acorda, tira o chapéu do rosto e se senta. Está com a barba por fazer e tem olheiras.

>PAI
>Minha querida, você precisa nos fazer ouvir esse barulho horrível?

Flora o ignora, balançando a cabeça ao ritmo da música. O pai se aproxima na ponta dos pés e arranca-lhe os fones do ouvido.

>PAI
>Fones de ouvido são *para uma só pessoa* ouvir.

>FLORA
>(grita e tenta recuperar os fones)
>*Não é* bem assim.

A CINEGRAFISTA (BLUE) bufa. Todos os olhos se voltam para ela. A mãe parece preocupada. O pai esfrega o rosto, levanta as sobrancelhas e tenta evitar um bocejo.

>FLORA
>(zangada)
>*Desligue* essa câmera!

                    BLUE (corajosa)
          É para meu diário filmado.

                        FLORA
          Pois desligue *agora* senão vou jogar esse
                    negócio no lago.

Segunda-feira, 29 de agosto

Meu plano é registrar minha vida por meio de palavras e imagens. Estou gravando as imagens em vídeo, com algumas falas. Não há muitas falas na filmagem porque, geralmente, quando percebem que estou filmando, as pessoas se calam. papai diz que, quando eu crescer, as pessoas vão achar tão natural me ver com a câmera na mão que não vão *parar* de falar, e que vou fazer fortuna como entrevistadora de TV. Mas o papai diz um monte de coisas. Enquanto isso, o que não consigo gravar em vídeo eu escrevo no que ele chama de "versão contemporânea do antiquado caderno" – meu *laptop*, que recentemente herdei de Flora.

Quando escrevo, ninguém pode me mandar cair fora. Então tenho no *laptop* um monte de curtas, pra criar o clima, além das suas transcrições e de capítulos mais longos, pra acrescentar os detalhes. É um registro multimídia. Já vi instalações assim no museu Tate Modern, aonde papai me leva às vezes, quando ele diz que chega de ficar em casa.

Bem quando as coisas estavam ficando interessantes hoje à tarde, quando Flora gritava e o papai parecia perdido, a mamãe me fez desligar a câmera. Tentei explicar – mais uma vez – o plano de registrar minha vida e que, de qualquer modo, escrevo sobre o que não filmo, mas Flora disse que não estava nem aí.

– Não tenho de ler essa porcaria desse seu diário. Mas não me filme de cara lavada.

– Tente ser boazinha – a mamãe disse. – Mais uns dias e as aulas recomeçam.

– Graças a DEUS! – Flora gritou.

Papai deu um enorme sorriso. – Estou assistindo ao nascimento tardio de uma intelectual? – e dessa vez foi Flora que bufou.

– Acho que Flora está mais interessada em rever os amigos – a mamãe falou baixinho.

– E isso está errado? – Flora gritou. Ela tirou o celular do bolso e rosnou. – Todos os meus amigos foram para casa hoje, e eu estou aqui presa nessa montanha, sem conexão e sem ter com quem conversar.

– Você pode conversar conosco – sugeriu a mamãe. – Ou dar um passeio com Blue.

– Blue! – Flora disse, e depois ninguém mais falou. Foi uma pena, porque amanhã a mamãe vai para Moscou e o papai vai dirigir 160 quilômetros de volta a Warwick, deixando seus filhos sob os cuidados francamente duvidosos de Zoran até a volta às aulas, na quinta-feira.

Quando éramos pequenos, Flora sempre lia histórias para Iris e para mim. Ela até tomava banho conosco. Nossa creche era bem perto do colégio em que ela estudava, e nós a esperávamos no portão, com a mamãe. No primeiro dia do fundamental no St. Swithin's, foi Flora, e não a mamãe, que nos levou até nossa classe, de mãos dadas conosco o tempo todo, sem se importar em parecer ridícula diante dos amigos (mas Flora nunca era ridícula). Foi ela que deu um soco em Digby Jones quando ele riu dos meus óculos, e também foi ela que se queixou ao diretor quando a senhora Fraser, professora do segundo ano, disse que minha leitura era sofrível. Flora lhe disse que eu já sabia ler quando tinha entrado na escola e que, se não me concentrava na alfabetização, era porque em casa eu já estava lendo Charles Dickens. Não era bem verdade, mas ela foi gentil em dizer isso.

Agora, só o que ouço é: – Blue!

Quarta-feira, 31 de agosto: manhã

O café da manhã foi interrompido pelos gritos de Twig. Ele estava no fundo do jardim, pulando sem parar, perto da gaiola dos ratos; quando nos aproximamos, ele só apontava, sem conseguir falar.

– *O que foi?* – gritou Flora.

– Eles estão mortos? – gritou Jas.
– Eles se *multiplicaram*! – gritou Twig.
Todos nós conferimos, e ele tinha razão. Na noite anterior, havia apenas três ratos, mas agora eram sete, incluindo quatro muito pequenos. Por um momento, ninguém disse nada.
– Mas eram todas meninas – Jas sussurrou, por fim.
– Não, impossível – disse Zoran.
– Talvez sejam lésbicas – sugeriu Flora.
– Como seria *isso*? – perguntei.
Olhamos um pouco mais. Os ratos estavam todos aninhados juntos, formando um montinho na palha, e o sol projetava uma sombra xadrez sobre eles, por causa do arame da gaiola.
– Então, qual é o menino? – perguntou Twig.
– O macho – disse Zoran. – Não o menino.
– E qual é a mãe? – Flora se agachou para olhar mais de perto. – Vocês deviam ter notado que ela estava engordando.
Mas todos os ratos adultos pareciam enormes.
– Se ficarem de olho – disse Zoran –, vão ver a mãe começar a oferecer leite.
– Eles estão doentes? – perguntou Twig.
– Ele quer dizer que ela vai começar a dar comida para eles – Flora disse. – Leite do peito.
– Ratos têm *peitos*? – Jas pareceu horrorizada.
– Não exatamente – suspirou Zoran.
– Você pode olhar? – perguntou Twig. – Pode olhar por baixo para ver qual é a mãe?
Garanto que, quando Zoran veio tratar do emprego, a mamãe não falou que talvez ele tivesse de segurar um rato de cabeça para baixo para saber se ele tinha acabado de dar à luz. Zoran suspirou de novo, parecendo deprimido.
– Acho que não sei como fazer – ele disse.
– Você bem que podia filmar, Blue! – disse Jas. – Por favor!
– Eu não filmo animais. É uma questão de princípio. Eles são bonitinhos e tudo, mas para mim não são tão inte-

ressantes quanto as pessoas, e acho ruim eles não falarem. Se Flora não gosta que eu filme, diz para eu cair fora ou me bate. A única coisa que os ratos podem fazer é se esconder no ninho, e mesmo assim sempre posso filmar a palha.

Jas fazia aquela sua expressão de gato, com os olhos muito redondos e as pupilas muito pretas. Seu vestido estava rasgado no ombro, preso com um alfinete de gancho. Jas tinha um guarda-roupa cheio de vestidos, mas aquele era seu preferido, e fazia anos que ela não vestia outra coisa. É rosa, desbotado, e bate na metade da coxa. Além disso, desde a semana anterior ele está manchado de sangue na frente. Jas está com um machucado no joelho e o cabelo dela não vê escova desde o início do verão. Mamãe bem que tentou obrigá-la a se pentear, mas ela bateu o pé e, quando Jas faz isso, é melhor apenas concordar.

Para Jas, fazer olhos de gato significa mais ou menos o mesmo que bater o pé. E ela e Twig *estavam* olhando os bebês ratos de uma maneira doce. Estavam sentados de pernas cruzadas perto da gaiola, sussurrando.

– Acordem, acordem – diziam. – Abram os olhos.

Acho que os ratos nem conseguem *ouvir* quando são pequenos assim, muito menos entender as palavras, mas não adianta tentar dizer isso a crianças de 8 e 10 anos. Eu não queria filmar os ratos, mas queria pegar os bebês olhando para eles. Deixei cada um onde estava – Jas e Twig no chão, Flora no balanço, Zoran mal-humorado – e fui pela grama úmida buscar minha câmera dentro de casa. Uma sombra cruzou o gramado – percebi pelo canto do olho. Sei que parece maluquice, mas juro que era uma pessoa.

– Iris? – sussurrei, mas isso não fazia sentido, e, no momento em que cheguei aonde tinha visto a sombra, ela não estava mais lá.

O diário filmado de Bluebell Gadsby

Cena 4 (Transcrição)
A identificação do sexo de ratos

INTERIOR DA CASA DOS GADSBY / JARDIM DOS GADSBY.

A imagem oscila para cima e para baixo porque a CINEGRAFISTA (BLUE) está correndo, captando imagens aleatórias: pés descalços, um pedaço de parede, escadas, o mármore preto e branco da entrada, a varanda de pedra, cascalho, uma árvore, grama.

               TWIG
     Blue, depressa, *depressa*!

               BLUE
        Estou *indo*!

A imagem se estabiliza quando a cinegrafista para de correr e foca – de novo – a gaiola dos ratos.

TWIG E JAS
(juntos, pulando sem parar)
VEJA! VEJA! VEJA!

A imagem sai de foco quando a cinegrafista se agacha para olhar. O RATÃO BRANCO JAWS (mandíbula, em inglês) (tem esse nome porque uma vez tentou arrancar o dedo de Twig) olha de volta. No pescoço tem uma placa de madeira, amarrada com barbante. A câmera no jardim. A câmera dá um zum. Os dizeres da placa entram em foco.

ESTÁ ESCRITO:
EU SOU O PAI

Quarta-feira, 31 de agosto (cont.)

– Mas que coisa esquisita de escrever! – disse Zoran.

Depois de inspecionar a gaiola, voltamos para a cozinha, onde Zoran fez chocolate quente e Flora resmungou debaixo do edredom que ela tinha arrastado escada abaixo.

– É só isso que você diz? – ela falou. – *Que coisa esquisita de escrever?*

– Mas é.

– O estranho – gritou Flora –, o que dá medo e é assustador é que alguém está evidentemente nos observando e invadiu a gaiola!

Não sei se mais alguém viu a boca de Zoran se contrair.

– Foi você? – perguntei.

– Eu? – ele disse. – Chegar perto daquele monstro?

– Então *quem* foi? – perguntou Jas, e Twig repetiu *quem, quem, quem?*

O tempo mudou e choveu o dia todo, mas todos nós nos revezamos para vigiar a gaiola, até Flora, que se enrolou num cobertor, debaixo do guarda-chuva, com mais chocolate quente e um livro, e falou que queria pegar o tal fulano que estava nos espionando e repreendê-lo. Essas foram exatamente suas palavras. Parecia a vovó falando.

E, obviamente, jamais vimos o espião.

Amanhã as aulas recomeçam. Nunca me senti menos ansiosa em toda a minha vida. Papai sempre diz que tudo é possível. Talvez nesse período as coisas sejam diferentes, mas, no fundo, duvido.

Quinta-feira, 1º de setembro

Desde que Iris morreu, na escola *eu* sou a sombra. Deslizo pelos corredores, do pátio para a sala aula, da sala de aula para o recreio, do recreio de volta para a sala de aula, e ninguém me vê, ninguém fala comigo. As pessoas que me conhecem desde a escola fundamental, com quem fiz xixi em piscinas infantis e que sujaram meu rosto com bolo de aniversário – gritam e se abraçam quando se encontram, riem e cochicham, mas simplesmente me ignoram, e eu sei que nada mudou.

Por um momento, hoje de manhã, pensei que as coisas poderiam ser diferentes. Dodi Cartwright prestou atenção em mim no pátio, tenho certeza de que ela me cumprimentou – não muito, um aceno discreto com a cabeça, um quase sorriso. Mas, então, em nossa primeira aula, que era de inglês, eu ia sentar perto da janela, no fundo, quando Dodi me empurrou e estacionou na minha carteira. Tentei dizer alguma coisa. Pensei *o que Flora faria agora* e tentei dizer *ei, Dodi, saia daí, esse lugar é meu*, mas as palavras não saíram, e, mesmo que tivessem saído, não ia adiantar porque todos a rodeavam, ouvindo descrições de suas férias de verão na Itália ou na Espanha ou em algum outro lugar. Então, peguei minhas coisas e escapuli para a única carteira livre, bem na frente, ao lado de Jake Lyall, obrigado a ficar ali porque os professores dizem que têm de ficar de olho nele, e de fato ele estava dormindo, por isso não poderia ter falado comigo mesmo que quisesse, e ele provavelmente não ia querer.

Nossa professora de inglês é a senhorita Foundry, que é louca mesmo para os padrões da Clarendon Free School. Hoje ela estava com um xale bordado de contas que ia até os tornozelos, nos disse para chamá-la de Anthea e tentou nos recrutar para o espetáculo de Natal do grupo de teatro Clarendon Players.

– Nesta temporada – ela disse –, eles apresentarão contos dos irmãos Grimm!

Todos olharam sem entender. – Os irmãos o quê? – bocejou Jake.

– Branca de Neve! João e Maria! Chapeuzinho Vermelho! – gritou a senhorita Foundry.

– O que ela está falando? – perguntou Tom Myers.

– Jacob e Wilhelm Grimm – disse Hattie Verney, confirmando que ela vai ser a primeira da classe no nono ano, assim como foi no oitavo. – Juntos, eles coletaram e reescreveram mais de duzentos contos tradicionais, sendo que alguns conhecemos através de adaptações da Disney.

Tom fez uma careta para ela. A senhorita Foundry fingiu não notar.

Como de costume, os Clarendon Players estão procurando alunos das escolas locais para engrossar as fileiras de sua produção de Natal. – Bluebell, querida, a Flora vai participar?

Cressida Taylor, a melhor amiga da Dodi, falou *Bluebell* em tom zombeteiro, como se fosse o nome mais idiota do planeta. E é mesmo, claro.

– Acho que sim, senhorita – gaguejei. Flora participa das produções dos Players praticamente desde que começou a andar. Seu sonho é ser descoberta, largar a escola, aparecer em um espetáculo de West End e, em seguida, ser levada para a Broadway. – Por favor, querida, me chame de Anthea.

– Antheaaaaahhh – disse Tom, e a senhorita Foundry o ignorou novamente.

– E você, querida? – ela perguntou. – Vai fazer um teste?

– O quê? *Ela?** – zombou Cressida.

– Não, senhorita – respondi.

Anthea pareceu preocupada, triste e desapontada. Tudo de uma vez.

*

Papai diz que na vida há vítimas e lutadores. Ele espera que sejamos sempre lutadores, e na hora do almoço eu já estava farta. Não daria mesmo a Cressida e Dodi a satisfação de me ver comer sozinha. Não foi difícil escapar com um grupo de alunos do ensino médio. A maioria nem reparou, mas os que notaram fizeram uma espécie de parede, para que o professor que vigiava o portão não me visse. Como era madame Gilbert, realmente não havia com o que se preocupar.

Tomei sopa de tomate com pão e manteiga num café nas imediações da Portobello Road, o Home Sweet Home, que estava cheio de mães com carrinhos de bebê, operários de macacão e pessoas com óculos de armações pretas lendo iPads. Um labrador muito velho ofegava perto do balcão. No rádio tocava a banda Capital Radio, e o lugar todo cheirava a batata frita, café e cachorro molhado. Ninguém falou comigo, mas não tinha importância, porque não haveria razão para falar.

Madame Gilbert estava acabando de fumar seu Gauloise quando voltei. Eu não deveria estar fora, e ela não deveria estar fumando, então ela apenas me olhou vagamente e me fez sinal para entrar. Revisamos fatoração na aula de matemática. Chato, mas muito, muito fácil. Dormi o tempo todo, e o senhor Forsyth (conhecido como senhor Maths, de Mathematics) nem percebeu.

Como eu disse. Totalmente invisível.

*Quinta-feira, 1º / sexta-feira,
2 de setembro: no meio da noite*

Estou sentada na laje que avança para fora da janela do meu quarto e estou com muito frio.

No jantar (salsichas e purê – Zoran só faz isso, e fica muito magoado, mesmo, quando reclamamos), Twig disse que precisamos observar os ratos *24 horas, sete dias por semana*. Palavras dele. Falou que foi uma sorte nada mais ter acontecido desde a última vez. Jas perguntou como seria quando estivéssemos na escola, e Twig sugeriu que Zoran se encarregasse de observá-los. Zoran argumentou que também tinha de ir para a escola e não podia ficar o dia todo nos esperando voltar, e que ele tinha uma tese para escrever, ou será que não sabíamos? Jas disse que não, que não sabia o que era uma tese, e, depois, Twig perguntou como íamos fazer quando estivéssemos dormindo.

– A última vez ele veio à noite – disse Twig.
– Ele só veio uma vez – Flora disse. – E pode ser uma mulher.
– Mesmo assim. Não quer dizer que não vai voltar, e, quando voltar, aposto que estaremos dormindo.
– Vocês não podem ficar acordados a noite toda – disse Zoran. – Proíbo expressamente.

Zoran tentou afirmar sua autoridade hoje à noite porque a mamãe enviou um email dizendo que não passaria em casa entre Moscou e Nova York, e depois da escola Flora foi à casa de sua amiga Tamsin, onde ela tingiu o cabelo de rosa brilhante e também colocou *dreadlocks* usando um kit que o irmão de Tam tinha comprado pela internet.

Realmente. *Dreadlocks* rosa. Zoran ficou uma fera.

– E outra coisa – Twig empurrou o prato de lado, puxou-o de volta para comer um último pedaço de salsicha e pulou da cadeira. – Nós nem procuramos pistas.
– Ah, meu Deus – Flora grunhiu.
– Blue? – Twig não faz o olho redondo de gato como Jas, mas seu lábio inferior treme quando ele quer alguma coisa, e ninguém consegue negar.
– Ah, vá em frente, então – suspirei.

Fomos todos ver a gaiola, até Zoran, que depois de apenas uma semana desistiu de lavar a louça. Flora insiste em que não tem sentido lavar a louça à noite porque, afinal, a gente pode morrer durante o sono; então ele estabeleceu um rodízio, e lavamos a louça de manhã. Atravessamos o gramado e ficamos perto da gaiola, e Twig nos deu as ordens, que eram, basicamente, *vasculhem tudo*.

– Esse garoto vê televisão demais – reclamou Flora.

Foi Jas que encontrou as pegadas. Não havia nada no gramado nem no cascalho – pelo menos nada que pudéssemos ver, e *tinha* chovido –, mas bem no canto, atrás das azaleias, na parte de baixo do muro dos Bateman, viam-se duas marcas profundas de tênis.

– Homem, eu acho – Zoran estava entrando no clima de toda aquela história de detetive. – A julgar pelo tamanho. E as marcas estão de frente para o muro, o que sugere que ele pulou ou subiu aqui.

– O senhor *Bateman*? – gritou Jas.

– Ele deve ter uns 103 anos – Flora explicou a Zoran.

– Ele *morreria* se pulasse esse muro – disse Twig.

– Portanto, deve ser outra pessoa.

Zoran quis ir falar com os Bateman, mas não deixamos, porque conhecíamos a família desde sempre, e seria muito embaraçoso. Ele suspirou (na verdade, de uma maneira *muito pouco* autoritária) e perguntou o que queríamos fazer. Nós desconversamos e dissemos que nada, que não tinha importância.

Então, aqui estou eu. Sentada na laje. Congelando meus pés sem meias no meio da noite.

*

Substituí Flora à 1h30. Estamos fazendo turnos de 2 horas.

Adoro Londres à noite. Na casa da vovó, em Devon, a noite é escura como breu e as estrelas são mais brilhantes, mas é de uma calma de dar medo. Aqui ainda se ouve tráfego, o céu é escuro mas alaranjado, e, mesmo quando a maioria das pessoas está dormindo, ainda se sente a vida do lugar porque ele nunca para completamente. Vovó chama Londres de ESSE ESGOTO e diz não compreender como conseguimos sobreviver aqui por um minuto que seja. Diz que deixar Londres depois da aposentadoria do vovô foi a melhor coisa que ela fez na vida, mas na primavera passada víamos todas as manhãs uma raposa tomar sol no telhado do galpão dos Bateman. No verão, a gente deita no gramado e vê os andorinhões, e nos fins de semana dá para sentir cheiro de churrasco até o fim da rua.

Acabo de ver alguma coisa se mexendo.

O diário filmado de Bluebell Gadsby

Cena 5 (Transcrição)
O espião entre nós

NOITE. JARDIM DOS GADSBY VISTO DA LAJE PARA ONDE DÁ O QUARTO DE BLUE.

O gramado é escuro e imóvel, as lavandas e os lilases ao redor são massas torcidas escuras. O plátano no fundo do jardim balança com o vento e as azaleias tremem. Além do jardim, a escuridão se estende até a fileira de casas geminadas na próxima rua, idênticas a esta – quatro andares, tijolo marrom nos fundos, estuque branco na frente. Aqui e ali um quadrado de luz, onde as cortinas não estão puxadas, os moradores não estão dormindo. Muros do mesmo tijolo marrom cercam o jardim, encimados por treliça em quadrados sólidos. Um vulto agachado passa correndo ao longo do muro da direita.

Está de roupa escura e gorro na cabeça. A câmera o segue até o fim do muro, onde ele pula por cima de um monte de galhos. Ele escorrega do muro para as azaleias e a escuridão. O único som é o da respiração da CINEGRAFISTA; de imagem, só o jardim.

As azaleias balançam, e o vulto está de volta, o corpo dobrado quando ele (sem dúvida era um homem) corre na direção da câmera. Há um buraco na treliça não longe da casa, com largura suficiente para que o muro possa servir de apoio ou alavanca. O vulto para, se vira, se prepara para saltar, depois para novamente. Volta-se para trás, na direção do jardim, e olha diretamente para a câmera. Tira o gorro e faz uma pequena reverência. Volta a esticar o corpo. Recoloca o gorro.

Acena.

Depois salta e desaparece.

Sexta-feira, 2 de setembro

– Mas por que você não nos *chamou?* – choramingou Jas. – Nós podíamos pegá-lo!
 – Não fale bobagem – Flora disse. – Veja você mesmo, ele já foi.
 – Eu vim procurar você, e você estava dormindo.
Todos eles se amontoaram na minha cama de manhã cedinho, os bebês arrastando Flora, querendo saber o que tinha acontecido com a vigília deles.
 – Não é mais necessário vigiar. Já o peguei – eu disse.
 – Mostre – Twig ordenou.
E lá estava o rosto de novo. – Já olhei para ele diversas vezes antes de ir dormir. Cabelo desarrumado, sorriso perverso, cara de dono do mundo.
 – Ele é bonito – disse Jas.
 – Parece estranho – disse Twig.
 – Ele é muito bonito – Flora admitiu.
 – Blue? – perguntou Jas.
 – Ele parece interessante – eu disse.
 – O que ele estava *fazendo* dessa vez, afinal? – perguntou Flora.
 – Os ratos! – Twig congelou. Literalmente. Ficou com o rosto branco, o corpo rígido, então ele se jogou da cama e desceu a escada batendo os pés.
 – Ah, meu Deus – suspirou Flora. – Mais drama de roedor.
 – Pensei que você se *importasse* – disse Jas.
 – Não gosto de ser espionada. Não ligo a mínima para os ratos.
Dessa vez havia fitas amarradas em volta dos ratos que não eram o pai – duas cor-de-rosa em Betsy, Petal e nos dois adultos gordos que não são Jaws, três azuis e uma rosa para os filhotes. O que não era nada de mais, de tão pequenos que eram.
 – É um mistério – disse Zoran. – Quem faria isso?
 – Nós sabemos! – Twig falou baixinho. Aí Zoran nos fez contar tudo e gritou conosco porque não íamos dormir e não obedecíamos a suas ordens.

– Vamos ignorá-lo – Flora disse –, ele não pode bater em nós, não é nosso pai.

– Não poderia nos bater mesmo que *fosse* nosso pai – disse Jas. – Na verdade, é ilegal.

– Estou *tentando proteger* vocês – Zoran se afundou no sofá da cozinha e afundou a cabeça entre as mãos.

– Patético – Flora murmurou, mas Jas se pendurou no pescoço de Zoran para se desculpar, então Twig disse que também sentia muito, e depois de um minuto foi minha vez.

– *Completamente* patético – Flora resmungou. Ela pegou sua pasta da escola. – Vamos, Blue.

Tive de correr para alcançar Flora. Não sei quando ela ficou tão alta. – É humilhante – ela reclamava no caminho. – Ele nos trata como crianças.

– Mas nós *somos* crianças – eu disse e, para ela ficar mais zangada, acrescentei. – Ele é muito útil. Sabe, tem os bebês, e nossos pais estão sempre fora.

Flora me lançou um dos seus olhares de soslaio. – Acho que você gosta dele.

Pensei em Zoran fazendo chocolate quente para nós, colocando o dobro do pó na xícara de Jas porque é assim que ela gosta, e pensei que ele ficou trabalhando em sua tese, na chuva, na sua vez de vigiar os ratos.

– Não gosto da barba – eu disse. – Mas gosto dele.

– Isso é típico – Flora disse.

– Odeio a escola – eu disse.

– O que isso tem que ver?

Queria perguntar se ela se lembrava de ter mentido para o diretor do St. Swithin's, dizendo que eu lia Dickens aos 5 anos, mas percebi seu mau humor. Ela foi encontrar os amigos assim que entramos, e provavelmente nem notaria se eu passasse o resto do dia gritando, nua, no meio pátio.

Sem chance de escapar na hora do almoço, com o senhor Maths na porta. Flora me puxou quando entrei na cantina.

– Ele está aqui – ela sussurrou.

— As pessoas estão olhando — eu disse e, para ser honesta, isso não me surpreendeu. Muitos acham Flora uma das meninas mais legais na escola, mas está levando um tempo para as pessoas se acostumarem com os *dreads* rosa. — Se você não se importa, prefiro não chamar a atenção.

— Ele está aqui! — ela repetiu — É do meu ano!

— *Quem* está aqui?

— Quem? O espião! O menino rato!

— Tem certeza?

— Ele se *apresentou! Acho que somos vizinhos,* ele disse, então tirou o chapéu, como fez no vídeo.

— Como ele é?

— Muito bonito, para ser justa, mas pensa que é Deus. *Acho que somos vizinhos...* quem é que fala assim? Ele *piscou* para mim!

— *Somos* vizinhos — reforcei, mas Flora não estava prestando atenção.

— Uau! — ela disse. — Realmente estão nos olhando.

Juro que a cantina estava em choque, como se tivessem acabado de compreender que éramos da mesma família. *Cabeça de algodão-doce* e Senhorita Ninguém***.

— Preciso ir — disse Flora.

— Posso almoçar com você?

— Desculpe, querida. Vou comer fora.

Eu também queria sair, almoçar no banheiro ou na biblioteca, em qualquer lugar, mas estava com muita fome. Seja como for, eu não precisava ter-me preocupado. Flora saindo, as pessoas perderam o interesse. Levei minha bandeja para uma mesa vazia e tentei fazer parecer que comia sozinha por opção.

....

* Tradução livre de *Candy-floss Head*, livro de Bey Jessop sobre os últimos meses de vida de Kira Radcliffe, de 10 anos, diagnosticada com câncer. (N. da T.)

** Tradução livre de *Little Miss Nobody*, livro de Amy Bell Marlowe que conta a história de uma menina que era literalmente ninguém até desvendar o mistério de sua identidade. Nancy faz amigos e inimigos numa história engraçada com muitas corridas de *skate*. (N. da T.)

Quando terminei, levantei para retirar minha bandeja e congelei.

O garoto meu vizinho se sentou sozinho do outro lado da sala e olhava direto para mim.

*

Esquentou esta noite. Zoran tinha dito que, mesmo não sendo nosso pai, ele iria nos bater se continuássemos a vigília, mas eu não conseguia dormir; então saí para a laje da janela, como fiz ontem à noite. Sentei, com meu edredom nos ombros, e, ao luar, minha sombra parecia um cogumelo gigante com um pompom em cima, que era minha cabeça. Tirei a mão de baixo do edredom e imitei as bailarinas indianas que fui ver com o papai no inverno passado; então juntei polegar e indicador, para imitar uma cabeça de pato.

Acenei, o cogumelo também acenou. Balancei a cabeça, e o cabelo do cogumelo se desgrenhou. Estendi a mão e outra mão apareceu e tocou a minha.

*

Nunca fui tão rápida; mergulhei de cabeça, literalmente, pela janela aberta. Teria dado certo se não tivesse tentado levar o edredom comigo. Joss Bateman puxou o edredom e acabamos cada um de um lado da janela, eu dentro, ele fora.

– Desculpe, assustei você – ele disse.

Flora sempre diz que nunca devemos admitir nosso medo. Nem nossa fraqueza. Nem que estamos nos sentindo idiotas. Ela diz que as pessoas podem tirar vantagem ao conhecerem nossos pontos fracos. Assim, mesmo completamente petrificada, sentada no chão do quarto, abraçada ao edredom e olhando pela janela aberta como se fosse um portal das Forças das Trevas, afirmei: – Não estou assustada.

– Eu só queria conhecer você.

Eu deveria ter dito que era meio esquisito subir no telhado das pessoas, como um ladrão no meio da noite, só para conhecer alguém, mas só pensei nisso depois. Como aconteceu agora.

– Ah – foi, de fato, o que eu disse.
– Você gostou do que fiz com os ratos? – ele perguntou.
– Hum.
– Foi divertido ver vocês – ele riu. – Sentados lá na chuva, esperando que eu voltasse. Quase morri de rir.
– Hilário – resmunguei.
– Não quis ser grosseiro.
– Mas foi – eu disse. E peguei o edredom, entrei e bati a janela. Ele colou o rosto no vidro, mas fechei as cortinas. Aí corri para a cama e puxei as cobertas por cima da cabeça, até perceber que ele tinha ido embora.

Sábado, 3 de setembro

Flora está exultante porque Greg, diretor dos Clarendon Players, disse que este ano ela poderia fazer um teste para um papel com falas. O teste foi hoje de manhã, e ela voltou radiante porque vai fazer a Branca de Neve. Twig disse: – Branca de Neve? Mas ela é uma manteiga derretida!

E Jas perguntou: – Não falaram nada do seu cabelo?

Flora disse que era bem típico da família não dar nenhum apoio, e que sua Branca de Neve era completamente diferente de todas as outras que o mundo já viu.

– Greg diz que sou perfeita para injetar personalidade ao papel – ela disse, emendando que era a mais jovem do elenco com falas, e que na noite da estreia haveria olheiros do cinema e agentes e tudo o mais, e que esse seria o início de uma carreira brilhante no *show business*, que a levaria para longe de sua vidinha entediante de colegial.

Ou algo assim.

– Falei com o senhor Bateman – disse Zoran, quando Flora parou para tomar fôlego. – O garoto é neto dele. Ele é aluno da Clarendon Free School, está no ensino médio.

— *Isso* nós já sabíamos – disse Flora.

— Ele não se importa? – perguntou Jas. – De viver longe dos pais?

— Pelo que entendi – disse Zoran –, as coisas não são fáceis para ele, em casa.

— Por quê? – perguntou Twig, mas pelo jeito o senhor Bateman não tinha dito, e Zoran não gostava de perguntar.

— Melhor falar com ele sobre o que aconteceu na noite passada? – perguntei a Flora quando Zoran subiu.

— O quê? Que nosso psicopata rastejou pelo telhado para tentar arrombar a janela e entrar?

Dei de ombros.

— Ele só vai aprontar confusão – Flora suspirou –, e o papai e a mamãe iam ficar no nosso pé.

— Talvez eles até voltassem para casa – eu disse, e ela me lançou mais um de seus olhares.

— Eles viriam, mas logo iriam viajar de novo.

*

Essa é a história da mamãe e do papai.

Dezessete anos atrás, quando Cassie (a mamãe) tinha acabado de entrar para a L'Oréal em Londres, e David (o papai) estava concluindo seu doutorado em literatura medieval em Oxford, eles foram para Glastonbury. E, apesar de passarem por anos o verão em Glastonbury, nunca tinham se encontrado; dessa vez armaram suas barracas uma do lado da outra. Choveu. A barraca de Cassie desmoronou. David e seus amigos convidaram Cassie e suas amigas para ficar na deles. Ele tocou violão e cantou *Moon River*. Ela disse que desde que viu Audrey Hepburn cantar a música em *Bonequinha de luxo*, seu filme favorito, essa era sua canção predileta.

A partir daí, passaram a ir ao cinema todas as noites, durante duas semanas, e a cada novo filme se apaixonavam ainda mais. David gostava de cinema mais do que de literatura medieval, e Cassie com certeza gostava mais de cinema do que da L'Oréal. Duas semanas depois, no meio de uma sessão dupla de Quentin Tarantino, entre *Cães de aluguel* e *Pulp Fiction* (os dois que eles nos proibiram de assistir), David pediu sua mão.

Por sorte, porque David e Cassie eram bastante pobres, o pai de David tinha rios de dinheiro no mundo dos negócios antes de ele e a vovó se aposentarem e passarem a morar em Devon. Então David e Cassie sacudiram a pipoca da roupa e foram ter com ele e com a vovó, dizendo que além de ganharem uma filha eles iam ser avós. O vovô comprou para eles a casa em Chatsworth Square, onde ainda moramos, uma casa velha e cheia de correntes de ar, embora aparentemente muito valorizada. Vovó também foi atrás da antiga babá do meu pai para cuidar de Flora enquanto Cassie continuava a galgar postos na indústria de cosméticos, e o papai, que sempre tinha sonhado secretamente em se tornar um famoso diretor de cinema, virou professor em Goldsmiths e escreveu livros que ninguém jamais leu; só seus alunos, porque ele os obrigava. E então a babá do meu pai se aposentou pela segunda vez, Iris e eu nascemos, e a mamãe parou de trabalhar; três anos mais tarde veio Twig, e, em seguida, Jas, e embora Iris tivesse morrido tudo estava *bem* até o ano passado, quando o papai anunciou que ia trabalhar em Warwick, o que era uma promoção, e eles tiveram uma briga que não devíamos ter ouvido, mas ouvimos. A briga era sobre a mamãe enlouquecer presa em casa o dia todo pensando na Iris, e o papai propondo que fôssemos todos para Warwick, todos nós precisamos de um recomeço, e a mamãe dizendo que preferia morrer e que também tinha direito de ter sua vida; aí ela chorou e a notícia seguinte foi que a mamãe tinha arrumado um emprego e iria para Nova York para um treinamento na Bütylicious.

A Bütylicious tem sede em Nova York e escritórios espalhados pelo mundo inteiro, que a mamãe tem de visitar o tempo todo, por motivos que ela tenta explicar mas que nenhum de nós entende. Foi então que vieram a Katya, que era lituana e não sabia cozinhar, e a Eva, uma eslovaca que tinha saudades de casa e que cuidou de nós até o início deste verão, quando fomos ficar com a vovó em Devon. Agora temos o Zoran, e o papai fica em Warwick até nos fins de semana, e a mamãe nos chama da China pelo Skype, quando não é muito tarde; é exatamente assim que as coisas são, e não adianta a Flora ficar zangada ou pintar o cabelo de rosa.

Quinta-feira, 15 de setembro

Chuva, Chuva, Chuva.

Hoje nenhum dos alunos do ensino médio saiu na hora do almoço. Flora e todos os seus colegas barulhentos ocuparam a metade da cantina e os outros tiveram de se espremer como sardinha em lata, mas eu consegui uma mesa no canto de onde, sozinha, posso observar as pessoas sem elas me verem, porque fico atrás de uma coluna, e foi então que vi Joss Bateman de novo. Ele estava na fila do almoço, também sozinho, mas de certo modo sua solidão era diferente, porque ele não parecia invisível, apenas parecia indiferente. Graham Lewis, que Flora diz ser um idiota e de quem ninguém gosta, tentou furar a fila. Joss pôs o pé na frente, e todo o mundo morreu de rir ao ver Graham deitado no chão, coberto de batata frita, mas Joss deu um meio sorriso e passou por cima dele como se ele nem estivesse lá; em seguida ouvi uma cadeira sendo puxada para trás e a voz dele acima de mim dizendo: – Você se incomoda se eu sentar aqui? – levantei os olhos e dei de cara com ele.

– Sim – eu disse.

– Durona – ele falou, e mesmo assim sentou.

Não conversamos. Ele estava comendo um prato de massa, eu estava concentrada no meu pudim de arroz. Por mais que eu odeie a Clarendon Free School, tenho de admitir, o pudim de arroz é muito bom. Tentei ignorar Joss, mas aí ele tossiu, e, quando olhei para cima, ele tinha enfiado a colher no nariz. Estava completamente ridículo.

— Assim é melhor — ele disse. — Você fica ainda mais bonita quando sorri.

Era mesmo apelação (e também mentira, eu não sou bonita, nunca). Eu teria ido embora, mas ele se recostou na cadeira, de braços cruzados e com aquelas pernas compridas e enormes esticadas, parecendo que *estava a fim* de conversar.

— Popularidade é um mistério — disse Joss Bateman.

— É verdade — concordei, porque muitas vezes tinha pensado nisso.

— Mas, se uma pessoa é *im*popular, geralmente há um motivo.

Fiquei calada.

— Você, por exemplo — ele argumentou. — Você é uma boa garota, você não cheira mal, se veste de modo normal. E ainda assim está aí. Sozinha.

— Não *completamente* — murmurei.

— Sozinha até eu chegar — disse Joss. — Você também vai para a aula sozinha e passa o recreio na biblioteca. Não negue, sabe que andei observando você.

— Não quer dizer...

— Tem de ter um motivo — disse Joss.

Atrás dele, na mesa dos alunos do ensino médio, Flora acenava com as mãos acima da cabeça. — Você está bem? — ela fazia com os lábios. Joss se virou, bem a tempo de ver Flora apertar a garganta e fingir estar sufocada.

— Ela é sempre assim? — ele perguntou. Se entendeu que os gestos da Flora tinham alguma coisa que ver com ele, pareceu não ligar. Na verdade deu a impressão de achar engraçado.

— Sempre — eu disse. Não pude deixar de sorrir, embora um momento antes quisesse chorar, porque a Flora é assim. Por mais irritante que ela seja, sempre consegue nos fazer rir quando estamos precisando.

– O que você quer? – perguntei ao Joss.
– Salvar você – ele disse. Ele se recostou na cadeira e a fez ficar apoiada sobre duas pernas. E ele sorriu. – Sou seu cavaleiro de armadura brilhante.

Por ter um pai que é professor de literatura medieval, nossa família sabe muito sobre cavaleiros de armadura brilhante. Todos os nossos jogos de criança eram sobre Merlin, Arthur, Lancelot e a malvada fada Morgana.

Mesmo na nossa mais louca imaginação, eles nunca usavam capuz ou tênis de cano alto.

O diário filmado de Bluebell Gadsby

Cena 6 (Transcrição)
Perdendo Twig

DIA. UM VAGÃO LOTADO DO METRÔ DE LONDRES.

ZORAN se pendura na barra do teto, lendo um jornal dobrado. Em torno dele, um bando de turistas empurra, grita e ri. Uma criancinha chora para que a tirem do carrinho. A mãe sacode umas chaves na frente de seu rosto, e depois ignora quando ela grita mais alto. Uma menina com um *piercing* prateado no nariz está se pegando com um garoto que tem uma tatuagem de dragão. A câmera permanece sobre eles e a garota mostra seu dedo médio. A câmera retorna para Zoran, mergulha para revelar JASMINE, agarrada à jaqueta dele, e então faz uma panorâmica para a esquerda até TWIG, que move os lábios enquanto lê um poema no espaço publicitário acima de sua cabeça. O trem para na estação South Kensington, e a imagem sai do foco enquanto os passageiros brigam para descer. Zoran e Jas aparecem na plataforma, em meio a uma onda de italianos que gesticulam.

>ZORAN
>(dobra o jornal)
>Todos presentes, lotação completa?

>JAS
>(aperta o braço de Zoran quando a porta do trem fecha)
>Twig ainda está no trem!

>ZORAN
>(muito pálido)
>Cristo! Meu Deus! Jesus! Não!

>JASMINE
>Twig! Twig! Ah, Twig!

>ZORAN
>Tudo bem, ele vai pegar o próximo trem para voltar. Vamos esperar na plataforma.

>CINEGRAFISTA (BLUE)
>Você disse para ele saltar?

>ZORAN
>O quê?

CINEGRAFISTA (BLUE)
Ele sozinho nunca pensaria em fazer isso.

JASMINE
(rola pelo chão, as lágrimas escorrendo pelo rosto)
Perdemos Twig para sempre!

AGENTE UNIFORMIZADO
O que está acontecendo aí?

ZORAN
Perdemos uma criança!

AGENTE UNIFORMIZADO
Desligue a câmera, moça.

Sábado, 17 de setembro

Twig estava bem. Claro. Ele apertou o botão de emergência assim que percebeu que tinha ficado no vagão e aí, na estação seguinte, enquanto todo o mundo saía correndo, em pânico, e a segurança do metrô tentava descobrir qual era a emergência, o casal *piercing* no nariz e tatuagem o enfiou em um trem no sentido contrário, que o trouxe de volta para South Ken. Tudo levou exatamente 7 minutos.

Twig chegou dizendo "não sei por que vocês estavam tão preocupados", e Jas chorou ainda mais alto e disse que ele era idiota e ela o odiava e, em seguida, o oficial uniformizado disse: – Calma, calma, garotinha – e Jas fez cara de que ia mordê-lo. Zoran disse que sentia muito, mas que tinha de ir ao bar, onde todos nós tomamos Coca, menos Zoran, que pediu uma dose dupla de vodca e a virou de uma só vez. Depois fomos para o Museu de História Natural; afinal, principalmente por isso estávamos em South Ken, para visitar a ala Darwin, para o projeto de ciências de Twig. Lá tive uma conversa bem estranha com Zoran sobre uma borboleta Blue Morpho, conversa que começou quando eu disse que odeio a maneira como espetam as borboletas nas placas.

– Os alfinetes não são a pior parte – disse Zoran.

– Eu acho – falei.

Estendi a mão e tracei os contornos da Morpho no vidro da redoma. Quando olhei para cima, Zoran ainda estava ali, me observando.

– Pequena Blue – ele disse. Só isso. *Pequena Blue.* – Eu estava pensando – Zoran continuou –, é estranho que a borboleta tenha o seu nome.

– Não é exatamente igual – eu disse. – E não sou pequena – acrescentei.

– Para mim, você é pequena. E você está certa, não é estranho. Talvez seja adequado. Espero que um dia você também aprenda a voar.

Como eu disse. Estranho.

Mamãe voltou da China hoje bem cedinho. Levou todos nós para tomar café fora, e depois foi para o futebol com Twig, assistiu a um DVD com Jas e almoçou o que Zoran tinha feito (sopa de salsicha – *quelle surprise*). Aí ela começou a ficar tonta e disse que achava melhor ir para a cama, e foi aí que Zoran disse que levaria todos ao museu, menos Flora, que tinha ensaio e não teria ido mesmo. Fui vê-la – a Mamãe, claro! – quando voltamos, e ela estava sentada na cama, tentando se levantar, e parecia que tinha chorado.

Mais tarde Flora disse: – Adivinhe, o Papai ligou para dizer que não vem para casa no fim de semana, porque tem um trabalho extra em seu mais recente livro ilegível, e a Mamãe realmente não gostou. Embora Flora e eu não andássemos muito de acordo naqueles dias, nós duas achávamos que Mamãe estava exagerando. Se tivéssemos chorado todas as vezes que os nossos pais não voltaram para casa, mesmo quando diziam que voltariam, teríamos nos afogado num vale de lágrimas, como diria a Vovó. E sempre soubemos que o Papai não viria no fim de semana – ele foi muito vago ao telefone quando Jas perguntou. Flora disse que ele deve ter uma namorada e que esse é o início do fim, e ficou zangada porque Jas acreditou nela. Jas perguntou o que eu achava, falei que não sabia, e aí Flora disse: – Pelo amor de Deus, Blue, uma vez na vida saia de cima do muro.

Domingo, 18 de setembro

Mamãe ainda está no fuso horário da Ásia e se levantou junto com o sol, o que significava que Jas e Twig também, pois insistiram em dormir com ela ontem à noite.

Hoje foi dia de folga de Zoran, que saiu mais cedo sem dizer aonde ia. No almoço conversamos sobre Joss e os ratos, sobre Twig no metrô e sobre o cabelo de Flora. Sobre as coisas que, segundo Flora, realmente não podíamos falar na frente de Zoran, porque na verdade ele decerto tinha contado aos nossos pais, apesar de termos pedido que não contasse, mas agora que a mamãe está aqui, queremos que de todo modo ela saiba.

– Sei que você provavelmente agora vai odiar, mas veja.

Flora soltou o lenço que segurava seus *dreadlocks*, que lhe caíram pelas costas como uma cortina rosada. – Está vendo? Não é *dramático*?

– Com certeza é um manifesto – mamãe disse.

– Os bebês são tão bonitinhos – disse Jas. – Você não acha que eles são bonitinhos, mamãe?

– Adoráveis.

– Não fiquei nem um pouco assustado – disse Twig. – Foi bom ficar sozinho, por uma vez.

– Você e as outras mil pessoas no metrô – disse Flora.

– Que pessoas gentis, trazerem você de volta – disse a mamãe.

– Estou pensando em colocar umas listras vermelhas – disse Flora.

– Zoran disse que temos de separar os dois ratos – disse Jas. – Ele disse que do contrário vamos ser invadidos por bebês ratos e que seria anti-higiênico.

– Eu *estava* sozinho – resmungou Twig – porque não conhecia *ninguém*.

– O roxo seria legal – disse Flora.

– Mas eles *se amam* – gritou Jas. – É cruel separar as pessoas que se amam.

– São ratos – retrucou Flora –, não são pessoas.

– Acho que Zoran tem razão, querida – disse a mamãe. – Pode ser que vocês fiquem com ratos demais.

– Mas e o papai! – Jas começou a chorar. – Ele não está aqui, *e isso é ruim!*

Então todos foram acariciar Jas, e Flora ficou batendo o pé porque ninguém se importava com o vermelho ou o roxo, e Twig ficou emburrado porque ninguém o entendia. Quando chegou a minha vez, mamãe já estava tão esgotada – palavras dela – que apenas desmontou na minha cama, e não trocamos uma só palavra.

– Dou graças a Deus pela minha Blue, tão ajuizada – ela disse entre dois bocejos, e não respondi porque, na história das famílias, quem gosta de ser *o ajuizado*?

– Estou meio preocupada com esse menino louco aí do lado – ela disse. – Pulando o muro e se metendo com os ratos, e tudo o mais. Tenho de falar com Charlie.

Charlie é o senhor Bateman.

Pensei no Joss subindo na laje para me encontrar e, na cantina, dizendo que era o meu cavaleiro de armadura brilhante.

– Ele não é tão mau – eu disse. – Quer dizer, é um pouco estranho, mas acho que ele é legal.

– Querida Blue – ela abriu espaço na cama e me acolheu num abraço. – Sempre tão doce.

Doce é ainda pior do que *ajuizada*.

– Está tudo bem na escola? – ela perguntou, como se já soubesse a resposta, porque ao contrário de Flora sempre fui uma aluna modelo. Pensei em lhe contar a verdade – falar de Dodi e Cressida, dizer que ninguém falava comigo e que sou invisível – mas ela já tinha adormecido.

Apaguei a luz e deitei pertinho dela, com a cabeça encaixada no seu ombro; ela cheirava a *Diorissimo* e a jardim. Às vezes, quando éramos pequenos, ela costumava se deitar conosco na hora da sesta, e era assim. Eu ficaria feliz se pudesse passar a noite toda daquele jeito, mas no quarto dos bebês Jas começou a gritar que Twig estava dormindo embaixo da cama, não em cima.

– É para o meu *treinamento de sobrevivência*! – rugiu Twig.

– *Dá medo!* – ela retrucou.

– Ele também está nu.

Flora invadiu meu quarto parecendo um morto-vivo, com tintura de cabelo roxa escorrendo pelo pescoço. – Não é de admirar que ela esteja pirando.

E assim recomeçou todo aquele circo maluco.

Sexta-feira, 30 de setembro

Dodi Cartwright é mesmo uma babaca.

Foi isso que eu disse para Jake Lyall hoje à tarde, quando ele me levou para a enfermaria porque o corte na minha testa estava sangrando.

– Tecnicamente falando – Jake disse –, a babaca é Cressida, porque foi ela que puxou a sua cadeira.

– Ela fez isso para impressionar a Dodi – eu disse. – E a Dodi riu.

– Cara – disse Jake –, *todo o mundo* riu.

Uma vez, quando estávamos em Devon depois da morte de Iris, o Papai nos levou para a praia durante uma tempestade e nos fez ficar em fila e gritar o mais alto possível. Era inverno e, com o vento, as ondas batendo nas pedras e o som dos nossos próprios gritos, não conseguíamos nem ouvir uns aos outros. – Mais alto – papai gritava. – Mais alto! – e Jas começou a chorar e a mamãe falou: – David, pare – e Flora disse: – Isso é ridículo – mas continuei gritando, mesmo depois que os outros tinham parado, só eu olhando para aquele grande mar bravio. Minha voz começou a falhar, mas não saí do lugar, até que os borrifos começaram a me atingir, quase tão altos quanto as ondas, e a mamãe me arrastou para casa.

É lá que eu gostaria de estar em momentos como o de hoje, quando Cressida, a Melhor Amiga da Vaca, puxou minha cadeira e todo o mundo riu, apesar de eu estar sangrando; e a burra da Anthea Foundry nem se deu conta do que aconteceu, e ninguém me defendeu. Jake e eu éramos amigos no St. Swithin's. Uma vez, no quarto ano, ele tentou me beijar, atrás dos banheiros. Não deixei. Na verdade, fugi gritando, mas aconteceu. Deve contar para alguma coisa.

– Blue? – disse Jake. – Você está bem?

Ele parecia preocupado, pensando que eu fosse explodir em lágrimas ou algo assim, e percebi que meus dentes da frente estavam trincados, projetando meu queixo para frente, como se eu estivesse prestes a chorar ou a perder a calma.

— Cara, sei que você está chateada comigo — Jake parecia triste de verdade, e meio envergonhado, o que era bom, mas não o suficiente.

— Cale a boca, Jake — comecei, mas de repente ele não estava mais lá.

— Eu assumo — disse Joss. — E foi assim que ficamos os dois sozinhos.

Joss deu uma olhada na minha testa e concluiu que eu precisava não de enfermaria, mas ir embora da escola. Ele me fez atravessar o pátio e escapar pelo portão dos alunos do ensino médio sem ser vista.

— O segredo da vida — ele declarou — é fazer as coisas com confiança.

Não bebo café, mas ele não me deu escolha. Fomos para o Home Sweet Home, onde almocei no primeiro dia de aula, e, quando fui ao banheiro limpar o corte, ele pediu *cappuccinos* e bolo gelado de chocolate. Enquanto ele comia, me fez contar o que tinha acontecido.

— Mas por quê? — ele perguntou, quando terminei. — Por que ela puxou a cadeira?

Não respondi. Joss se inclinou para frente. Seus olhos são castanho-claros com umas pequenas manchas douradas. Ele sorriu e, por um momento, tive a tentação de explicar, tive mesmo, mas aí fiz que não com a cabeça, porque é doloroso e complicado demais e, sinceramente, não saberia por onde começar.

— Se você falasse, decerto se daria muito melhor com as pessoas — ele disse.

— Mas não quero.

— Tudo bem — Joss terminou seu bolo e começou a comer o meu. — Então, me conte sobre a sua família. Comece pelo seu nome. Como é que alguém pode se chamar Blue?

Contei sobre meus pais, e falei que eles deram nomes de flores a todos nós, para lembrar os bons velhos tempos quando fingiam ser *hippies* em Glastonbury, e que Flora e Jas adoravam os nomes delas, mas eu achava que Bluebell era mais apropriado para um vaca. Joss riu com essa observação, o que me deu uma sensação agradável, porque não me lembro de alguém *um dia* ter me achado engraçada. Contei que Twig (galho, em inglês) odiava seu nome verdadeiro – Jonathan – e tinha escolhido um apelido para ficar mais parecido conosco, e que Twig pode parecer bobo, mas é muito melhor do que a primeira escolha, Acorn (bolota do carvalho, em inglês). Joss riu de novo, e então me fez montes de outras perguntas: por que o cabelo de Flora é rosa, o que eu filmo com minha câmera, quem são meus diretores favoritos, se minha vida fosse um filme qual seria, se gosto da Clarendon Free School afora Cressida Taylor, e se daria meu email para ele.

Conversamos durante horas. Não voltamos para a escola. Joss disse que eu poderia ter tido uma concussão, e que seria melhor ir para casa. Eu nunca tinha matado aula antes, e gostei bastante. Andamos pelo parque e brincamos nos balanços. Está mais frio agora, que o verão acabou. As folhas estão com as cores do outono e, quando Joss me empurrava, o vento no meu rosto tinha cheiro de fogueira, mas a luz do dia ainda dura o suficiente para passarmos a tarde fora. Cheguei em casa um pouco antes de Flora. Joss me levou e deu a Zoran a desculpa de que eu não estava me sentindo bem.

– Vou resolver as coisas na escola – ele sussurrou, ao ir embora.

– Como? – sussurrei também.

Ele não disse nada, mas bateu no lado do nariz com o dedo e piscou. Geralmente odeio quando as pessoas fazem isso, mas o jeito dele me fez rir.

– Por que você está me olhando assim? – perguntei a Zoran, quando Joss saiu.

– Não estou olhando para você – disse Zoran. – Ou, se estou, é totalmente por acaso.

– Não fiz nada de errado.

– Defina *errado* – disse Zoran.

Sábado, 1º de outubro

Não *sei* se a casa mudou desde que Iris morreu, ou se é impressão minha.

O quarto, que achávamos muito pequeno, já não me parece tão minúsculo. Parece ter o tamanho certo, mas o nosso antigo quarto, tão apertado quando éramos duas, porque Iris era a mais bagunceira das bagunceiras, agora dá a impressão de ser enorme. E a mesa da cozinha parece esquisita sem as sete pessoas à sua volta; e não adianta estarem Zoran, vovó ou os amigos da Flora ou qualquer outra pessoa para fazer número, porque a sétima pessoa precisa ter olhos castanho-escuros e cabelo castanho curtinho como o meu, não pode usar óculos, tem que estar sempre com uma bandana no pescoço e precisa ser bem igual a mim.

Estávamos em Devon, no primeiro aniversário da morte de Iris. Véspera de Natal. Mamãe e papai nos puseram para fora da cama e fomos para a praia; e, quando o sol apareceu, jogamos as suas cinzas no mar e as vimos ser espalhadas pelo vento.

No segundo aniversário, fomos à Missa do Galo. Nossa família não é de frequentar a igreja, a não ser a mamãe, que, quando está aqui, vai em momentos esquisitos, como na terça à noite ou no domingo de manhã bem cedinho. Mas, no segundo aniversário, mamãe insistiu. Disse que era importante pedir a Deus que fizesse o favor de cuidar de Iris no céu. Papai disse que iria falar com Deus só para repreendê-lo, mas, quando chegou à igreja, acendeu sua vela ao lado das nossas, e cada um de nós acendeu uma vela para Iris, depois uns pelos outros, e Jas e Twig acenderam um monte para todos, dos ratos aos professores, e o resultado foi uma mesa inteira de velas ardendo só para nós. O coro estava cantando *Noite feliz*, e o papai disse que não dava para imaginar nada mais meloso, mas ele estava chorando.

Em 3 de dezembro, vai fazer três anos que aconteceu o acidente e, na véspera de Natal, três anos que ela morreu.

Às vezes acho que sou a única pessoa que realmente se lembra disso.

Sinto saudades dela.

Domingo, 2 de outubro: muito, muito tarde da noite

A mamãe e o papai estavam fora no fim de semana e, embora a chuva tivesse parado, o tempo ainda estava cinzento e Flora estava de mau humor. Então Zoran decidiu que, para animá-la, íamos assistir a *Guerra e Paz*. Em russo.

– Como é que isso pode me animar? – perguntou Flora.

– As cenas do salão de baile são bonitas – disse Zoran. – E uma das cenas de batalha dura 45 minutos.

– Meu Deus! – exclamou Flora.

– Fui baleado – Twig gritou e se deitou no chão, se contorcendo, até Zoran anunciar que era hora de mais salsichas.

A versão russa de *Guerra e Paz* tem quatro partes e dura 7 horas. Isso, com as refeições, o ensaio de Flora para o espetáculo de Natal dos Contos de Fadas e a aula de caratê dos bebês, ocupou a maior parte do fim de semana, e a essa altura Jas estava chorando sem parar porque tanta gente tinha morrido, Twig tinha empilhado toda a mobília do quarto no meio da sala para construir um forte, eu tinha terminado minha lição de casa que parecia ser para todo o semestre, e Flora tinha entrado em transe.

– Eu poderia aprender russo – ela disse a Zoran na hora de dormir.

– Sabia que você ia gostar.

– Odiei – ela afirmou. – Foi a pior experiência da minha vida. Mas alguns diálogos eram realmente muito bonitos e percebi que realmente gostei muito de ouvir o idioma.

Zoran parecia encantado.

– Ela disse que odiou – eu lembrei.

– Não odiou tudo – ele disse.

Zorân assistiu a tudo de novo, depois que subimos. Eu o ouvia porque estava abrindo meus emails no escritório do papai, que ficava bem em cima da biblioteca. Flora jogou no lixo o roteador do Wi-Fi depois da nossa última sessão no Skype com a mamãe, quando ela lhe disse que *telecomunicação visual não substitui o amor materno*. Há um modem ADSL no escritório, e é lá que vamos passar a abrir os emails ou acessar a internet até o dia em que nossos pais errantes ou Zorân mandarem instalar um novo roteador. O que não deve acontecer tão cedo.

Havia um email da Mamãe dirigido a todos nós, dizendo que gostaria de estar conosco e se queixando de que Nova York era barulhenta, e havia aquelas mensagens de sempre, que a gente recebe só porque tem uma conta de email, como ofertas de venda; enterrado no meio daquilo tudo havia um email estranho do papai, perguntando se tínhamos assistido a *Rei Arthur – a história que não foi contada*, e também a *Coração de cavaleiro*, e o que achamos de ambos, embora sejam bastante diferentes.

Sim, vimos Coração de cavaleiro *um monte de vezes* – respondi. – *É muito engraçado. Não vimos* Rei Arthur, *mas procurei no Google, e é cheio de cenas de batalha e francamente estou farta dessas cenas pelo resto da vida*.

Enquanto eu estava escrevendo para o papai, apareceu uma janela de bate-papo do Gmail, o que foi um choque, porque ninguém nunca bate papo comigo; era o Joss, dizendo *que bom que você está aí, estou chegando*. Não dizia *estou entediado, será que posso ir aí*, ou *sinto muito, são 10 h da noite e sei que é meio tarde, será que incomodaria se eu fosse aí*. Apenas, *estou chegando*.

Demorei um pouco para pegar o jeito da janela de bate-papo, e, quando pensei em alguma coisa para dizer e digitei *como você sabe que eu estou aqui, eu poderia estar em qualquer lugar*, Joss me enviou um email pelo iPhone dizendo que estava na janela do meu quarto.

– Aquela menina que puxou a sua cadeira – ele disse, quando voltei para o quarto. – Fale sobre ela.

No começo sentamos como da primeira vez que ele veio, ele na laje e eu do lado de dentro, mas ficou muito desconfortável quando comecei a falar, porque ele era obrigado a se inclinar, com a cabeça enfiada dentro do quarto, e ficava dizendo *o quê? O quê?* E eu tinha de forçar a voz, e com isso minha garganta doía. Então subi para a laje, arrastando meu edredom, e nos deitamos nele, com a ponta dobrada por cima de mim, porque eu estava com frio só de pijama, e aí consegui sussurrar normalmente.

– Assim está melhor – disse Joss. – Agora, conte de novo desde o início.

Eu não queria falar. Deitada ao lado dele, fechei os olhos e fiquei ouvindo o burburinho de Londres, e uma pequena parte de mim, lá no fundo, apenas se maravilhava com o que eu estava fazendo.

– Blue?

– É complicado.

Virei de lado para olhar para ele e me dei conta de que ele não ia desistir, aí repeti o que tinha falado para o Jake.

– Cressida não é exatamente o problema. Quer dizer, ela é horrível, mas só está tentando impressionar a Dodi.

– Quem é ela?

– Sua melhor amiga – engoli em seco. – Que antes era a minha melhor amiga.

– Ah – disse Joss –, entendo.

– *Não* – pensei. – *Não entende. Você não entende mesmo, não mesmo*.

Joss procurou um cigarro nos bolsos do jeans.

– Espero que você não se importe – disse ele. – Tenho certeza de que os coroas têm um detector de fumaça e estou louco para fumar – ele acendeu o cigarro antes que eu pudesse responder.

– Então, o que aconteceu? – ele perguntou, soltando baforadas.

— Nada — menti. — A gente só caiu — e ficamos de novo em silêncio por um tempo.
— Você não tem de aguentar isso, sabia? Você pode se defender.
— Acho que não sei como fazer.
— Vamos pensar em alguma coisa. Vou ajudar você. Sou muito bom em me defender.

Veio à minha cabeça a imagem de Graham Lewis esparramado no chão da cantina coberto de batatas fritas.
— Acho que é, mesmo — eu disse.
Joss se apoiou no cotovelo e sorriu para mim
— Vou salvar você — ele disse. — Com certeza foi por isso que fui enviado para Londres.
— Por que você *foi* enviado para Londres? Quer dizer, é verdade?
Joss revirou os olhos. — Não tive escolha.
Revirei os olhos também. — E não é você que se defende sozinho?
— Perguntas, perguntas... — de repente ele estava de pé, com o gorro puxado para trás, enfiando os cigarros no bolso do jeans.
— Hora de dormir — ele disse. — Boa noite, linda — ele me jogou um beijo e foi embora.

Estou tentando não pensar que Joss Bateman me jogou um beijo nem que me chamou de linda.

Linda, da maneira como ele usou, é só uma palavra no fim de uma frase.

Segunda-feira, 3 de outubro

Joss não é tão bom em resolver as coisas na escola quanto ele diz. Hoje de manhã, na hora do recreio, tive de ir para a sala do diretor (Me chame de Deus) para explicar meu sumiço da escola no meio da sexta-feira.
— Não estava me sentindo bem — murmurei.

– Seu colega, o senhor Lyall, diz que deixou você com a enfermeira. Só que ela diz que não atendeu você.

– Jake não tem culpa – eu disse.

Deus me lançou aquele olhar dos professores quando percebem que só com tortura física vão conseguir arrancar alguma coisa da gente.

– Estou Muito Decepcionado com Você, Bluebell Gadsby – disse ele (sempre usa letras maiúsculas quando faz palestras). – Gosto de pensar que você é a Ajuizada da Família. Espero que isso não seja o Começo de uma Descida de Ladeira.

Na saída dei de cara com Flora, à espera de sua discussão semanal com Deus sobre sua aparência.

– O que *você* está fazendo aqui? – ela gritou.

Ficou furiosa quando expliquei. Flora não é tão rebelde quanto parece. Ela pode gostar de chocar as pessoas com seu cabelo brilhante e suas roupas estranhas, pode ter um zilhão de amigos e estar sempre bem no centro reluzente de uma grande multidão, mas também pode ser pequena e tímida, como eu, em relação a todas as regras que ela realmente quebra.

– Você não pode simplesmente matar aula desse jeito! – ela vociferou. – E se a mamãe e o papai descobrirem?

– Ah, me deixe em paz, Flora – eu disse, e ela ficou ali, boquiaberta, porque, como todo o mundo, não está acostumada a me ver responder.

– O quê?

– Eu disse me deixe em paz – saí e ela ficou de boca aberta, me olhando, embora Deus estivesse gritando para ela entrar na sala dele.

Eu me defendi.

E me senti bem.

Sexta-feira, 7 de outubro

Hoje de manhã, Twig e Jas anunciaram que queriam ir sozinhos para a escola. Zoran disse que não, que um de seus

Deveres Expressos era levá-los para a escola, e o que a mamãe diria se acontecesse alguma coisa com eles?

– Do jeito que vai – disse Flora –, provavelmente ela nunca saberá.

Mamãe está em Nova York esta semana, e os cabelos da Flora agora estão listrados de vermelho.

Zoran disse: – Isso não é justo; sua mãe ama muito vocês – e Flora retrucou com um – Ah! – e ele acrescentou que aquele tom amargo não combinava com ela, e ela comentou que era interessante a observação, e os dois começaram a discutir sobre qual deles tinha mais razão de ser amargo em relação aos pais. É Zoran, claro, porque, apesar de sermos praticamente órfãos, a mamãe nos contou que os pais dele *morreram* mesmo. Enquanto eles discutiam, vi Twig e Jas saírem sorrateiramente de casa e tomarem o rumo da escola, muito mais cedo do que normalmente, mas acho que aproveitaram a chance que apareceu. Zoran ficou furioso quando percebeu que eles tinham saído. Há séculos Flora não ria tanto.

Fazia uma semana que eu não via Joss, quer dizer, para conversar, mas hoje à noite ele apareceu de novo e subiu para a laje, como de costume. Fazia frio e pensei em convidá-lo para entrar, mas fiquei preocupada, pois alguém poderia ouvir, então fui para o lado de fora.

– Estive pensando – ele disse. – A vaca da Dodi. Temos de humilhá-la.

– Hum – falei.

Joss riu. – Conte algum podre da Dodi. Vai ter uma doce vingança.

– Podre?

– Deve haver *alguma coisa* – disse Joss. – Algum segredo obscuro do passado. Algo de que ela tem medo.

– Dodi com medo? – Dodi parece uma Barbie, toda lourinha e com roupas cheias de brilhos, mas no fundo ela é durona. No ano passado, quando fomos fazer rapel na nossa viagem da escola, ela foi a primeira a chegar à beira do precipício, e depois ficou lá embaixo zombando de quem dizia ter medo de altura.

– Acho que na verdade a maioria das pessoas tem um pouco de medo *dela* – eu disse.

– Você não está se esforçando – Joss me repreendeu.

Ele parecia muito sério. O céu atrás dele estava escuro, não alaranjado. Já notei que às vezes isso acontece. À tarde Zoran aparou a grama, disse que é a última vez este ano. Com isso havia um cheiro forte de grama no ar. Joss estava no escuro, mas eu via seu perfil, o nariz arrebitado e o cabelo caindo nos olhos. Ele estava esperando uma resposta.

Pensei que talvez eu devesse lhe dizer por que é complicado.

Em vez disso, falei o que ele precisava saber.

O diário filmado de Bluebell Gadsby

Cena 7 (Transcrição)
A queda de Dodi Cartwright

DIA. SALA DO 8º ANO, VISTA DE BAIXO DA MESA DE ONDE A CINEGRAFISTA (BLUE) FILMA ÀS ESCONDIDAS. TARDE, INTERVALO ENTRE DUAS AULAS DE FRANCÊS.

MADAME GILBERT acaba de sair da sala e vai ficar fora por 8 minutos e meio, tempo de correr até o portão da escola, acender e fumar três quartos de um Gauloise. A câmera lentamente faz uma panorâmica do chão de linóleo, das mesas com a parte de baixo cheia de chicletes grudados, das pernas das mesas, das cadeiras e dos seres humanos, antes de se fixar na metade inferior da porta que começa a se abrir com um rangido.

   A imagem treme quando BLUE levanta a câmera. Ninguém a vê. Todos os olhos estão voltados para a porta, atraídos pelo guincho que se seguiu ao rangido quando ela se abriu. Eles esperam ver madame Gilbert. Nos rostos, as expressões variam de expectativa (HATTIE VERNEY, a primeira da classe) a torpor (JAKE LYALL, quase dormindo), até indiferença (quase todos), mas eles mudam quando veem quem é o recém-chegado. Jake acorda e começa a rir. Hattie fica horrorizada. Ambos parecem incrédulos. Todos os outros rostos refletem uma combinação das opções acima. Pois, sentado na soleira da porta, amarrado num Jaguar XK120 SE DHC conversível de controle remoto, está um grande rato branco.

A TURMA prende a respiração coletivamente, sabendo que chamar a atenção agora seria fatal para o prazer do que está por vir. O RATÃO BRANCO JAWS (pois é ele) está no banco do motorista, traçando sua estratégia de fuga. O zumbido do Jaguar aumenta até virar um grito baixo e, em seguida, ele e seu passageiro roedor estão em movimento.

A câmera treme quando a turma se agita. As meninas gritam. Os meninos aplaudem. Todo o mundo ri. O Ratão Branco Jaws tenta se livrar de suas amarras, no caso uma gravata laranja de malha. O carro oscila uma pouco para a esquerda e para a direita, como se fosse comandado por alguém que não consegue ver o que está fazendo. A porta range de novo. A câmera faz uma breve panorâmica para a esquerda, JOSS põe o pé no batente da porta; é ele que está escondido no corredor, manejando o controle remoto. Ninguém se vira para olhar para ele, mas o carro agora se desloca em linha reta na direção da única pessoa da sala que está em silêncio e não está segurando uma câmera de vídeo.

>DODI
>(muito pálida, com os dentes cerrados)
>Cai fora, ratinho.

>O RATÃO BRANCO JAWS
>Iiiiiiiiiiiiiik!

>JAKE
>(gritando, como se os professores não existissem)
>AÍ VÊM MAIS DOIS!

A câmera, que já não está preocupada em se esconder, volta a ficar de frente para a porta. BETSY e PETAL, no velho Aston Martin de Twig e em um Alfa Romeo novinho em folha, entram na sala e vão direto até Dodi. Param a 30 centímetros dela, os três carros formando um semicírculo.

>DODI
>(verde)
>Não tem a menor graça.

BETSY, PETAL e O RATÃO BRANCO JAWS
(se contorcendo e roendo as Gravatas Que Os Prendem)
Hiiii! Hiii! Hiiiii! Hii!

DODI
Vou sair daqui.

Ela vê BLUE, que ainda está filmando.

DODI (CONT.)
(tentando rir com desdém)
Qual é, pensou que ia me assustar?

BLUE não responde, mas continua filmando (corajosamente). Dodi dobra o lábio, pega a mochila com ar de bravata e se prepara para uma saída de efeito.

DODI (CONTINUA, DE NOVO)
AGGGHHHH!

CASPAR (um dos bebês ratos machos) pula da bolsa, entra em pânico, sobe pelo braço de Dodi e se agarra à sua cabeça, tremendo e guinchando. A turma urra. Dodi explode em lágrimas e se joga no chão, soluçando. Os carros de corrida revertem os motores, vão para a frente e para trás. Betsy (ou será Petal?) se solta do Aston Martin e corre por um emaranhado de pernas, provocando mais gritos e risos histéricos. Uma multidão se formou perto da porta, todos torcendo. Ninguém percebe quando madame Gilbert retorna, gritando em francês, nem quando Deus aparece, acenando com cartões de advertência, nem quando Joss entra ostentando um sorriso satisfeito. O pandemônio só acaba quando FLORA entra na sala, gritando como louca e brandindo um taco de hóquei.

FLORA.
(usando o taco de hóquei para bater em Petal, ou talvez em Betsy)
Eu sabia! Sabia que eram os nossos, assim que ouvi dizer que havia ratos aqui!

DEUS
Como assim, seus? Flora Gadsby, esses ratos são seus?

FLORA
(para Joss, ainda gritando)
Que diabos você acha que está fazendo?

JOSS
(calmamente)
Estava fazendo justiça.

FLORA
(enfiando os ratos na bolsa)
Justiça! Ah! Justiça! Ah!

DEUS
Exijo que você responda à minha pergunta!

JOSS
(com ar elegante)
Assumo toda a responsabilidade, senhor.

MADAME GILBERT
(histérica)
Quel horrible garçon! Jamais aconteceria uma coisa dessas na França.

FLORA
(de forma grosseira)
Pelo amor de Deus, vocês comem *pernas de rã*!

DEUS
Senhorita Gadsby, a senhorita está detida! Senhor Bateman, o senhor também! (*Vê Blue, que ainda está filmando.*) E você também, Bluebell Gadsby! Na verdade, a turma toda está detida! Não quero roedores na minha escola nem caos em minhas salas de aula! (*Vê Dodi, ainda encolhida no chão.*) Levante-se, senhorita Cartwright! Senhorita Cartwright! A senhorita não é criança.

Dodi Cartwright se põe em pé lentamente. Os que estão mais perto dela franzem o nariz. Parecem confusos, até que aos poucos começam a compreender.

Dodi Cartwright tem uma grande mancha molhada na parte de trás da saia e uma poça amarela a seus pés.

A câmera é desligada, com um clique satisfeito.

Sexta-feira, 21 de outubro

Lá em casa eles ficaram loucos.

— Que coisa mais irresponsável — repreendeu Zoran.

— Pobre Jaws! Pobre Caspar! Pobres Betsy e Petal! — gritou Jas.

— Você podia ter perdido os ratos! Eles podiam ter morrido! Você podia ter quebrado os carros! — gritou Twig.

— Sem falar daquela pobre menina, humilhada publicamente! Você devia ter vergonha, Blue — Zoran repreendeu, embora desse para notar que ele estava se esforçando para não rir.

Vejam só. Todos eles gritaram comigo quando cheguei em casa, e Zoran continua desaprovando, mas me fizeram passar o vídeo. E, depois que passei, me fizeram passar de novo. E de novo. E a cada vez se destacava menos a crueldade com Dodi e os ratos, e mais o estrelato dos animais.

— Betsy não fica linda no Alfa Romeo? — balbuciou Jas.

— E Caspar! — gritou Twig — Não é corajoso?

— Aquela professora está errada, está sendo completamente preconceituosa — disse Zoran. — Tenho certeza de que acontece exatamente a mesma coisa nas salas de aula francesas.

— *Exatamente* a mesma coisa não — disse Flora. — Com certeza nunca acontece *exatamente* a mesma coisa. Isso foi único, foi mesmo — e todos olharam para mim como se não acreditassem que eu é que tinha feito aquilo.

Mais tarde, depois que os bebês já tinham ido para a cama, Flora contou a Zoran tudo o que Joss tinha dito sobre Dodi e Cressida durante a detenção, quando deveriam estar fazendo um trabalho de matemática mas na verdade estavam tendo uma violenta discussão no fundo da sala de aula, aos sussurros, enquanto os ratos mastigavam tudo na bolsa-carteiro da Flora (customizada por ela, que transformou todas as flores em caveiras). Estava quase escuro quando nos deixaram sair da escola. Fomos caminhando para casa juntos, e Flora pediu desculpas por não perceber o que Dodi estava fazendo comigo.

– Sabia que vocês não eram mais amigas, mas não tinha ideia de que ela estava sendo tão terrível.

– Você devia ter notado que Blue estava infeliz – disse Joss.

– Infeliz como sempre – respondeu Flora, mas de um jeito legal; ela pegou minha mão e a apertou, que é o mais próximo de "sinto muito" que se pode conseguir da Flora.

– Puxa, você podia ter falado comigo – ela disse.

– Joss foi mais rápido.

– Obrigada, Joss – Flora acrescentou, tensa. – Por cuidar da minha irmã.

– Às ordens – ele respondeu. Flora fungou e disse que isso não significava que ela aprovasse a crueldade contra animais.

– Gostaria que você tivesse me contado, também – acrescentou Zoran.

– A próxima vez eu conto – prometi, enquanto subia para me deitar, porque pelo visto era isso que ele queria ouvir. Bocejei. Flora e Zoran estavam juntos no pé da escada, parecendo preocupados, mas deixei os dois assim. Tirei a roupa e fui para a cama, e agora estou aqui deitada, pensando no que Zoran disse, que eu devia ter vergonha.

Os fundos da casa da Dodi dão para um enorme jardim público, e, no final do 5º ano, quando a mamãe achou que já tínhamos idade para ir lá sozinhas, *vivíamos* lá. Íamos para lá todos os dias depois da escola, durante todo o último período escolar do verão; brincávamos durante horas, fazíamos jogos de faz de conta longos e complicados, inventados por Iris. A mãe de Dodi trazia nosso lanche, e, mesmo mortas de fome, nos divertíamos tanto que comíamos sem parar de brincar.

Até o Piquenique do Rato.

Foi um piquenique em que, pela primeira vez, estávamos tão envolvidas brincando que esquecemos o lanche, e um rato silvestre – bem pequenininho – saiu correndo do mato e mordiscou um sanduíche de geleia.

Iris viu primeiro. Ela parou de correr e sussurrou "oh, oh, oh", como se fosse a coisa mais bonitinha e mais importante que já tinha visto na vida; e se aproximou dele na ponta dos pés.

Fiquei imóvel, olhando. O ratinho olhou para cima e farejou. Seus bigodes tremeram, mas ele realmente gostou do sanduíche. Iris foi andando bem devagarinho, bem devagarinho... Ela desamarrou sua bandana, e ia usá-la para pegar o ratinho, conforme me disse mais tarde.

– E eu teria conseguido – ela reclamou –, se não fosse a Dodi.

Dodi não achava o ratinho uma gracinha. Ela não parou nem disse "oh, oh, oh" nem o observou com a respiração suspensa.

Dodi viu o ratinho, gritou e caiu dura.

Eu tinha esquecido aquilo tudo até Joss perguntar. Estou preocupada porque começo a me esquecer de muitas coisas sobre Iris também. Porque essa história é sobre Iris tanto quanto sobre Dodi.

Realmente, acho que é sobre nós três, sobre como nós éramos.

Quando éramos amigas, Dodi usava óculos iguais aos meus, pequenos, com armação de metal, e ela ficava parecendo meio maluca, porque uma de suas orelhas é mais alta do que a outra, então eles sempre ficavam tortos; além disso, sua mãe sempre a fez usar maria-chiquinha, o que fazia aquela coisa torta e maluca ficar pior ainda. Agora ela está toda *fashion*, com lentes de contato e o cabelo em camadas, e o fato é que Zoran não tem de aturar a maldade dela. Ele não passa seus dias infeliz e solitário nem tem ninguém puxando a cadeira para ele cair.

Hoje aconteceram coisas boas. Boas de verdade.

Na detenção, as pessoas sussurravam: – Muito bem, Blue.

Jake bateu *high-five* comigo na hora em que todos saímos.

É como se um feitiço tivesse sido quebrado. De repente sou visível de novo, e gosto disso.

Não estou mais ligando para o que Zoran disse. Hoje foi um dia perfeito.

Sábado, 22 de outubro: início da noite

Zoran teve uma longa conversa com o senhor Bateman esta manhã, no jardim da frente. Ele disse que o vizinho tinha vindo se desculpar pela participação do Joss no que ele chama de *grande desastre do rato* e disse que Joss tinha histórico do que ele chamava de "comportamento rebelde".

– Ele me salvou – eu disse, e Zoran rebateu: – Mesmo assim – e fungou.

Zoran é muito conservador.

Joss veio quando os outros estavam fora, Flora num ensaio e Zoran no caratê com os bebês. Ele disse que era para devolver as coisas, como a ração do rato, uma garrafa de água e a bolsa em que ele levou os ratos para a escola, mas aí ele ficou parado na porta olhando por cima do meu ombro até que o convidei para entrar.

Era estranho estar sozinha em casa com ele. Muito diferente de conversar na laje, quando todos estavam dormindo. Fiz um chá, e ele se aboletou no balcão da cozinha para beber.

– Estou de castigo.

– Por causa de ontem? – perguntei.

– É – Joss fez uma careta. – Se não fosse isso, eu iria para casa hoje. Um amigo meu vai dar uma festa.

– Desculpe – gaguejei.

– Não seja boba! – ele sorriu e seu rosto se iluminou, como se a festa não importasse e ele já a tivesse esquecido. – Valeu muito a pena. A expressão de Deus, quando ele se deu conta de que Dodi tinha se molhado toda!

Senti uma pontada de culpa, mas Joss estava com o rosto todo sorridente, e era impossível não sorrir de volta. Então, antes que eu pudesse dizer alguma coisa, Zoran e os bebês invadiram a casa, e Flora veio logo atrás; ficou impossível falar.

– Como você pôde *fazer* isso? – gritou Jas, se referindo à crueldade de Joss com os ratos. Ela resolveu que de fato não gosta dele, embora nunca tenha falado com ele.

– Como você *fez* aquilo? – perguntou Twig.

– Não dê corda para ele – disse Flora.

– Mas eu quero mesmo saber!

Todos rodearam Joss, menos Zoran; totalmente à vontade, ele parecia estar em casa, cercado por velhos amigos. – Fizemos um bom planejamento – explicou. – Mas eles são muito bem treinados, é claro.

– Sempre falei que eles gostavam dos passeios de carro – disse Twig. – Não falei, Zoran? E você nunca acreditou.

– Vou fazer o almoço – disse Zoran.

Convidei Joss para almoçar conosco, mas ele disse que não podia porque, teoricamente, estava de castigo pelo resto da vida e tinha de voltar.

– De todo modo, a comida não daria para todos – observou Zoran depois que Joss foi embora.

Joss me mandou uma mensagem de texto assim que chegou, me convidando para assistir a uns filmes, pois os avós tinham saído. Flora foi comigo. Ela disse que Joss pode ter me salvado do *bullying* de Dodi, mas ela confiava nele tanto quanto num gato no meio dos pombos.

– O que também seria uma crueldade com os animais – eu disse. – E você parece o Zoran, acho que ele também não gosta do Joss.

– Zoran não é totalmente desprovido de bom senso – declarou Flora.

Ela decidiu que deveríamos assistir a *Crepúsculo*.

– Mas ele é menino – argumentei, e ela respondeu que sim, claro, mas seria um teste.

– Ele vai odiar!
– O importante é *por que* ele vai odiar.

Faz muito tempo que não entro na casa do senhor e da senhora Bateman. Até alguns anos atrás, eles davam uma festa no Natal; o papai diz que pararam porque muitos de seus amigos morreram ou se mudaram, e eles descobriram que na verdade não gostam das pessoas que ficaram. Nem de nós, segundo ele, e não é de admirar, porque somos muito barulhentos, com a música da Flora e todo o mundo gritando o tempo todo. Então agora não há festas e, no Natal, eles apenas nos dão potes de geleia caseira, mas a casa não mudou nem um pouquinho.

Deveria ser exatamente como a nossa, mas não é. Quer dizer, a planta é igual, mas a nossa parece muito fria, escura e tem eco porque o chão do corredor é daquelas lajes de mármore antigo e, nos outros quartos, o piso é de madeira, que a mamãe pintou de preto para destacar os tapetes que eles compraram na Anatólia quando foram até lá de mochileiros com a Flora, ainda bebê. Colocamos almofadas e lenços nas janelas para não baterem quando venta, e, por causa das correntes de ar, temos aquelas cortinas grossas enormes, de veludo azul real com cravos vermelhos que a mamãe começou a bordar, mas depois desistiu. A casa dos avós de Joss é muito silenciosa e aconchegante, porque é revestida com um carpete verde pálido e tem janelas novas que impedem as correntes de ar. Todos os móveis combinam. O senhor e a senhora Bateman têm cabelos grisalhos e usam cardigãs beges e se ocupam bastante do jardim. Para mim, parece extraordinário que Joss seja neto deles.

Joss passou no teste de *Crepúsculo*. Ele riu alto na hora da mordida do vampiro brilhante e se contorceu em todas as cenas de amor, mas gostou da direção e achou Victoria, a bela vampira malvada, incrível.

– A outra, a vampira pequena, era legal, também – ele disse, quando acabou.

– Alice – disse Flora. – Eu amo o cabelo dela.

– Não sei nada dessa história de cabelo – Joss falou –, mas gostei do jeito como no final ela arrancou fora a cabeça do vampiro psicopata.

Quando Flora parecia estar quase aprovando, ela franziu a testa e perguntou o que ele achava da mensagem antifeminista do filme e da forma como reforça os estereótipos de gênero. Só Flora pode fazer perguntas como essa sem parecer uma *nerd*.

– Não acho nada – disse Joss. – Quer dizer, não pensei nisso.

– A mulher fraca e frágil, o macho forte dominante! – exclamou Flora.

– Pensei que as mulheres gostassem de homens perigosos – disse Joss, e Flora ficou vermelha. Aí perguntei a Joss se ele queria ver o filme de ontem e ele respondeu: – Beleza! – então nos aconchegamos no sofá para assistir, e Joss riu um bocado.

– É brilhante! – ele comentou. – E duas vezes mais incrível foi ver você filmando escondido.

– Não muito escondido, no final.

– A Blue está sempre filmando – resmungou Flora, como se quisesse dizer "pelo tanto que ela filma já deve ter aprendido, mesmo".

– Isso está na cara – Joss sorriu para mim e nem liguei para os resmungos da Flora. Ficamos mais um pouco no sofá e mostrei a Joss outros filmes mais antigos. Ele riu de um filme em que ele aparece, escalando o muro do nosso jardim. Então ele falou: – Vamos tomar alguma coisa – e Flora disse que não.

– Eu não bebo – disse Flora. – E Blue é nova demais.

Eu disse que bem que gostaria de tomar alguma coisa, e Joss falou: – Essa é a minha garota, e me deu um abraço, mas Flora nos ignorou.

– Temos de ir – ela disse, e eu nunca tinha percebido nela tanta afetação. – Hoje, no jantar, nossos pais estão em casa.

– Uh! Uh! – disse Joss.

Flora ficou vermelha, de novo.
– Vamos, Blue. Hora de ir embora.
Escapuli do abraço de Joss.
– Se quiser, você pode vir também – falei.
– Acho que não conseguiria suportar a emoção – ele sussurrou.
– Você está gostando dele – comentou Flora, no caminho de casa.
– Eu não!
– Está, sim. Está completamente apaixonada.
– *Somos amigos*!
– Bem, acho que você não deve sair com ele – acrescentou Flora. – Ele é muito espertinho com as mulheres.
– Só porque ele não concordou com você sobre os estereótipos de gênero – murmurei, mas já estávamos em casa, e ela entrou sem me ouvir.

Fico realmente irritada com essas pessoas que pensam que ser amiga de um menino é a mesma coisa que estar apaixonada por ele.

E agora aqui estamos, esperando pelos nossos pais. Pusemos a mesa, e Jas a decorou com algumas das últimas rosas do jardim e hera, que colocou ao redor dos pratos. Flora pegou os livros de receita da mamãe e ela e Zoran estão aprendendo a fazer caçarola de frango e bolinhos, porque Flora prometeu gritar se desse de cara com mais uma salsicha. Estão ouvindo Rolling Stones enquanto cozinham, e, apesar de Flora dizer que os Stones são velhos, ela está cantando tão alto quanto Zoran. Papai ligou de Paddington e mamãe de Heathrow, e ambos estão a caminho de casa. Os bebês estão dançando em volta da cozinha e eu vou me juntar a eles.

Domingo, 23 de outubro: de manhã cedo

O jantar foi uma catástrofe, um caos total, pois todas as nossas esperanças de uma noite encantadora foram quase que imediatamente frustradas. Se eu tivesse filmado, o que não fiz porque Flora não deixaria, teria sido mais ou menos assim (depois que todos se beijaram, que mamãe elogiou os enfeites da mesa e papai serviu vinho para ele, mamãe e Zoran, depois que começamos a comer e passou a surpresa de constatar que o jantar estava realmente saboroso, e depois que Jas contou aos nossos pais tudo sobre a sexta-feira e os ratos):

MÃE
(triste, fala com Blue)
Querida, gostaria de ter sabido que tudo isso estava acontecendo na escola.

BLUE
(sem coragem de dizer o que realmente queria)
Está tudo bem, mãe.

FLORA
(corajosa, diz o que Blue realmente queria dizer)
Como você ia saber se nunca está aqui?

ZORAN
Flora, acho que isso não é muito justo com sua mãe.

FLORA
(rosnando)
Cale a boca, Zoran.

MÃE
Querida, por favor, não fale assim com Zoran.
Ele tem razão. Não sou o único adulto desta
mesa que está quase sempre ausente.

PAI
(parecendo assustado)
Não me inclua nessa confusão.

FLORA
Por que não?

MÃE
Eu ligo pelo Skype todos os dias! Ou pelo menos
ligava até a conexão parar de funcionar.

PAI
Que história é essa de conexão quebrada?
Acabei de instalar!

MÃE
SEU PAI NEM SABIA QUE A CONEXÃO ESTAVA
QUEBRADA!

FLORA
Vocês estão parecendo duas crianças.

TWIG
Quero minha festa de aniversário no Museu de
História Natural.

Isso, pelo menos, interrompeu a Batalha da Conexão do Skype, mas fez começar outra sobre O que os Pais Devem ou não Estar Preparados para Fazer para o Aniversário dos Filhos. Jason, amigo de Twig, comemorou o aniversário no último fim de semana com uma festa do pijama no Museu da Ciência, e agora Twig, que faz aniversário no mês que vem, quer uma festa no Museu de História Natural, seu museu favorito, desde que Zoran nos levou lá.

– Mas *onde* é que vocês dormem? – Mamãe quis saber.

– Debaixo do diplodocus – respondeu Twig.

– Não parece muito confortável.

– Não é para ser confortável – retrucou Twig. – Na verdade, não é mesmo para dormir. Eles nos levam por todo o museu à luz de lanterna e fazemos brincadeiras.

– O quê? A noite toda?

– Na festa de Jason, fomos para a cama às 4h30 da manhã. Ou, melhor, fomos para os nossos sacos de dormir. Não tínhamos camas, nem colchões. Eu também ia adorar ganhar um saco de dormir.

– Nós temos montes de sacos de dormir, filho – papai lembrou. – Dos nossos velhos tempos de mochileiros – ele deu um meio sorriso para Mamãe, mas ela o ignorou.

– Acho que não posso fazer festas de noite inteira – ela disse para Twig. – Pelo menos enquanto estiver vivendo em fusos horários diferentes.

Foi então que Zoran fez Flora e eu sairmos da mesa e nos mandou lavar a louça.

– Mas você dorme bem *embaixo do dinossauro*! – Twig começou a chorar, e Flora cerrou os punhos na água com sabão. – Ele tem *150 milhões de anos*!

– Tire o sorvete do congelador – Zoran me disse. Ele pegou Flora pelos ombros.

– Não aguento – ela choramingou. – De verdade. Detesto esses dois.

– Calma – Zoran pediu.

Só uma coisa impede Jas de chorar: é Twig começar antes. – Você nos leva – Jas ordenou, dirigindo-se ao papai. – Se ela estiver cansada demais.

– Eu, hum, bem – papai falou. – Estava querendo dizer, filho. Vou estar meio enrolado no seu aniversário.

Flora saiu, batendo a porta.

Ninguém tomou sorvete.

Domingo, 23 de outubro: tarde da noite

Papai foi embora de novo, depois de mais uma discussão, desta vez sobre o Natal. Mamãe, que já concordou em dormir com os dinossauros, tentou compensar sua hesitação de sempre sugerindo um Natal em Nova York, no apartamento emprestado de uma amiga; as passagens de avião seriam o nosso presente. Até Flora se animou. Mamãe me perguntou se eu achava que seria bom sair no Natal, e, apesar de preferir ficar em casa, eu disse que sim, porque era muito bom ver o sorriso dela. E então ela perguntou ao papai: – O que foi agora, David? – ele pareceu envergonhado, e ela suspirou: – Ah, pelo amor de Deus, não comece de novo – porque o papai tem pavor de voar e confessou que só coloca os pés em um avião "se for absolutamente necessário".

– Bem – disse Flora –, agora é absolutamente necessário.

– Não entendo por que sua mãe não pode vir passar o Natal em casa – o papai respondeu, e eles discutiram até ele ir embora.

Mamãe foi para a cama logo depois do jantar. Fingimos que íamos também, mas logo escapulimos para o quarto de Flora.

– Eles vão se divorciar? – Jas e Flora estavam enroscadas na cama, sob as cobertas. Eu estava sentada no tapete de pele de carneiro, no chão, com Twig.

– É bem capaz – disse Flora.

– O que vai acontecer? – perguntou Jas.

– Eles vão viver em casas separadas e nunca vão se ver – disse Twig.
– Então, nada vai mudar – disse Flora.
– Jason vive metade do tempo com a mãe e metade com o pai – disse Twig. – Você acha que vai ser assim conosco?
– Morar na *China*? – disse Jas. – Em Nova York? Em Warwick?
– Não vou para Warwick de jeito nenhum – disse Flora.
– Devíamos fugir – disse Twig. – Aí eles iam ver.
– Ver o quê? – perguntei, e Twig admitiu que não sabia.

Segunda-feira, 24 de outubro

Com uma coisa e outra, quase esquecemos o incidente com os ratos, menos Zoran.
– Você tem de fazer a experiência valer alguma coisa – ele disse hoje de manhã. – Se não, terá sido apenas uma brincadeira.
– Ela mereceu! – protestei, mas Zoran estava com sorte.
– Você deve mostrar que é melhor que ela. Precisa colocar um fim nisso antes que ela revide. Violência só gera violência.
– Não é uma guerra que está começando, Zoran – Flora disse.
Todos me fizeram a maior festa quando entrei na sala de aula esta manhã. Jake Lyall tinha acordado em tempo para tomar a frente da manifestação, em pé sobre a mesa do professor com Tom Myers e Colin Morgan. Então Cressida perguntou se eu queria me sentar ao lado dela. Todos fingiram não perceber quando Dodi entrou, apenas alguns segundos antes do senhor Maths.
Dodi foi ignorada o dia todo. Pensei que iam provocá-la. Até me imaginei deixando Zoran orgulhoso se lhes dissesse para *parar* com aquilo. Mas ela exagerou – fez xixi no chão da sala inteira –, foi demais para eles.

Então fizeram o que sempre fazem quando não sabem como agir. Simplesmente fingiram que ela não estava lá. Acho que Dodi já conhece o roteiro, pois nem tentou falar com eles. Entrou calmamente, com sua calça jeans apertadíssima, tênis All Stars roxos e um pulôver de manga morcego, e, quando percebeu o que estava acontecendo, ficou indiferente e almoçou sozinha, como se soubesse que era sempre assim, embora no ano passado ela comandasse a turma. Foi mesmo muito impressionante.

Dodi manteve seu silêncio digno até o final do dia, quando fomos as últimas a sair da aula de Artes. Neste período estamos estudando catástrofes ambientais, e estou fazendo uma colagem antivazamento de petróleo, que tem um sol na forma do logo da BP* e golfinhos de papel laminado tingido de preto. Eu me atrasei porque resolvi fazer o mar com anéis de abrir latinhas, o que demora muito mais do que pensei. Dodi já tinha terminado seu projeto, mas ficou séculos me rondando. Tentei ignorá-la, mas de repente ela disse: – Não me espanta que você me odeie.

Sem saber o que dizer, continuei a ignorá-la, concentrada nos meus anéis de latinhas; então o senhor Watkins, professor de Artes, voltou e disse que tinha de fechar a sala. Então comecei a limpar tudo.

Dodi me seguiu quando saí da sala de Arte.

– Você lembra como Iris ficava chateada de ter de nos esperar? – ela perguntou, enquanto íamos para o pátio. – Apesar de ela sempre se atrasar para tudo?

No funeral de Iris, quando a cortina caiu sobre o caixão, no crematório, percebi que não haveria volta. Foi a única vez que chorei em público desde que ela morreu. Literalmente. Ninguém nunca me viu chorar desde então, mas

----

* BP: British Petroleum, empresa multinacional que opera no setor de energia, principalmente petróleo e gás, e tem sede no Reino Unido. A BP foi responsável pelo vazamento de milhares de barris de petróleo no Golfo do México, em 2010. (N. do E.)

quando Dodi falou que ela estava sempre atrasada, meus olhos começaram a pinicar.

– Não ouse – eu disse. – Não ouse falar da Iris.

Pensei que ela também fosse chorar, mas acho que Dodi ainda tem orgulho próprio. Olhamos uma para a outra, e parte de mim queria que ela *dissesse* alguma coisa, mas depois de um tempo ela se virou e foi embora. Por um minuto me arrependi. Quase gritei para ela esperar, mas depois me lembrei de tudo o que tinha acontecido entre nós, e não consegui.

Indo para casa hoje à noite, Joss surrupiou um *Kit Kat* da loja da esquina. Ele só me perguntou: – Qual é seu chocolate favorito? – e então entrou na loja do senhor Patel e fez deslizar para dentro do bolso uma barra, que ele me deu quando saiu.

– Para animar você – ele disse. – Não tenho dinheiro – acrescentou, porque devo ter parecido meio chocada.

– Vou comprar dois amanhã – ele disse. – Para compensar o roubo de hoje. Vou dar uma libra e dizer para ele ficar com o troco. Neste exato momento você parece estar precisando de chocolate.

Iris teria gostado de Joss, acho. Uma vez, quando éramos pequenas, ela roubou todos os doces de Halloween da Flora e deu a uma menina da nossa classe, que os pais proibiam de pedir doces nas portas das casas.

– Coitada da Mabel, que não tem doces – ela disse. – Além do mais, a Flora está ficando com espinhas.

Joss pegou uma fileira do meu *Kit Kat* e a engoliu em duas mordidas. – Pode me chamar de Robin Hood – ele sorriu.

Iris com certeza teria gostado de Joss.

Quinta-feira, 27 de outubro

Mamãe vai ficar em casa toda esta semana. Na segunda-feira ela deu a Zoran uma longa lista de compras, com montes de frutas e legumes, cereais integrais e sem nenhuma salsicha, e ela tem feito o jantar para nós todas as noites. Também nos ajuda com a lição de casa enquanto cozinha e, quando vamos dormir, passa em cada um dos quartos e senta no pé da cama para conversar.

– Ela poderia ganhar o Oscar pela interpretação da Mãe Perfeita – Flora resmungou. Flora está chateada porque a mamãe não vai nos deixar ficar em Londres com Zoran nos feriados da próxima semana e está insistindo em irmos para a casa da vovó.

– Para que ter um *au pair* se ele não toma conta de nós? – Flora gritou para a mamãe, e a mamãe disse que mesmo os *au pairs* precisam de descanso e que, de todo modo, nessa época sempre vamos para a casa da vovó.

– Tenho 16 anos – disse Flora. – Vou morrer de tédio em Devon – e ela saiu da sala correndo e gritando quando a mamãe disse que seria uma boa oportunidade para ela pôr sua lição de casa em dia.

A mamãe tinha dito na Bütylicious que não podia viajar essa semana e que precisava sair do escritório no máximo às 19 h, menos ontem e hoje, que teria de ir ao médico e ao dentista, segundo ela disse, quando na verdade foi pegar Jas e Twig na escola.

– É mais fácil mentir – ela explicou.

Sentada na minha cama, ela estava linda, de saia justa listrada, blusa de seda cinza e cardigã. Estava com os óculos pequenos de tartaruga na ponta do nariz e os chinelos macios que Flora e eu lhe demos no Natal do ano passado. Acho que ela não imagina que ouvimos sua discussão com o papai, quando ela disse que merecia uma vida e não queria ficar enfiada em casa com a gente.

– Você gosta mesmo do seu trabalho? – perguntei.

O rosto da mamãe sempre fica totalmente imóvel quando ela não quer responder a uma pergunta. – Muito engraçadinha, dona Blue! Se não gostasse, por que iria trabalhar?

Eu queria dizer que eu gostava muito quando ela estava

conosco, mas sabia que isso a deixaria chateada, principalmente depois da discussão com Flora.

– Como é gostar de alguém? – foi, na verdade, a pergunta que fiz.

– Você está gostando de alguém?

– Só queria saber.

– Meu Deus, já faz tanto tempo... – ela se deitou e eu me aconcheguei. – Imagino que você pense nisso o tempo todo; quer sempre falar sobre ele, fica vermelha quando vê o garoto, seu coração dispara e, se ele fala com você, você perde a fala. A perna treme, você ri à toa, fica com o humor instável! – ela me olhou por cima dos óculos. – É assim?

– Não.

– Ufa, ainda bem.

Depois que ela foi embora relembrei a conversa e pensei no Joss. Os ratos, o café, o chocolate roubado. Nós deitados na laje. Não tenho nenhum problema em conversar com o Joss, na verdade falo com ele mais do que com qualquer pessoa no mundo. Não fico vermelha quando ele aparece, nem minhas pernas tremem. Ele me faz esquecer tudo, e não deixa que eu me sinta sozinha.

Sexta-feira, 28 de outubro

Se ter 16 anos é ser como Flora, prefiro não crescer.

No caminho de volta da escola, eu disse ao Joss que íamos para a casa da vovó.

– Ratos – ele disse. Nós usamos muito essa palavra agora, por razões óbvias. – Achei que ia dar para a gente sair.

Pensei na casa da vovó, que nossos pais consideravam um *oásis*, mas já não era assim.

– Talvez dê para a gente voltar antes – sugeri.

Foi quando Flora teve uma reação estranha.

– Não diga esse absurdo – ela retrucou. – Você sempre gostou de ir para a casa da vovó.

– Eu só estava dizendo...
– Você só está tentando ser legal na frente de Joss.
– Isso não é verdade!
– Não é?

Ficamos olhando enquanto ela ia embora furiosa. Minhas bochechas ardiam, mas Joss dava risada. – Essa sua irmã é meio maluca – ele disse.

– Não estou tentando ser legal – eu disse, e ele riu de novo.

– Claro que não. Eu sei disso.

– Quero ir para a casa da vovó, na verdade. Só que...

– Vai dar tudo certo – paramos em frente de casa, e Joss ficou me olhando, sério e afável, como se soubesse que eu não conseguia encontrar as palavras para dizer o que estava pensando.

– Tenho certeza de que você vai se divertir – ele estendeu a mão e tocou a ponta do meu nariz. – Vou sentir sua falta, Bluebird.

A porta da frente estava aberta. Lá dentro, Flora, Zoran e os bebês gritavam uns com outros.

– Claro – eu disse. –Vou sentir sua falta também.

DEVON

O diário filmado de Bluebell Gadsby

Cena 8 (Transcrição)
A exploração de menores ou a ideia de vovó do que seja um feriado

DIA, EMBORA PELO CLIMA TAMBÉM PUDESSE SER NOITE. UMA GRANDE HORTA NUMA VELHA FAZENDA RODEADA DE MONTANHAS. CHUVA.

FLORA, JASMINE e TWIG estão trabalhando na horta. Twig e Jasmine abrem caminhos com o ancinho. Flora está capinando. Até hoje ela não fazia ideia do que fosse uma enxada e, embora ninguém saiba exatamente o que ela deveria fazer com a ferramenta, é claro que está fazendo mal. Jasmine parece ter dobrado de tamanho, porque, além das botas e do impermeável que todos os outros usam, ela *vestiu todas as suas roupas* – duas calças jeans, três pulôveres, um colete, uma camiseta e um conjunto de roupas de baixo térmicas, além de um chapéu peruano de lã de carneiro e uma manta dobrada nos ombros e amarrada na cintura com um barbante. Ela parece um camponês siberiano, o que Flora já observou três vezes.

>FLORA
>(resmungando, inclinando-se com a enxada)
>Até quando, meu Deus, falta muito?

>JASMINE
>Faz mesmo tanto frio na Sibéria?

>TWIG
>Você é ridícula. Era assim que as pessoas viviam antes da invenção dos supermercados.

>JASMINE
>Estou congelando!

>TWIG
>Se você tentasse sobreviver na selva, decerto ia morrer.

>FLORA
>(cai de joelhos, braços esticados para o céu)
>Reconheço os erros que cometi!

>JASMINE
>E estou morta de fome!

FLORA
(finge que está chorando)
Piedade, Senhor, meus filhos estão morrendo de fome!

VOVÓ
(aparecendo do nada, como sempre)
FLORA GADSBY, CHEGA DESSE SEU TEATRO AMADOR! BLUEBELL, LARGUE ESSA CÂMERA. TROUXE VOCÊ AQUI PARA AJUDAR SEU IRMÃO E SUAS IRMÃS, NÃO PARA FAZER UMA PORCARIA DE DOCUMENTÁRIO!

Terça-feira, 1º de novembro

Descobri o que eu queria falar para Joss antes de virmos para cá.

O problema de Devon é que é grande demais. Em Londres, posso controlar o vazio da vida sem Iris. Pegar o vazio e colocar num canto, dobrar diversas vezes, como um pedaço de papel, até ficar todo amassado, e, mesmo que fique duro e me machuque, posso mantê-lo trancado dentro de mim, fora do caminho. Mas aqui é como se aquele papel se desdobrasse e não parasse de crescer, para preencher todo o espaço em que Iris não está.

Vovó acredita que é importante nos manter ocupados. Diz que é seu dever de avó nos dar um AR MENOS DOENTIO – TODO ESSE AR PODRE DE LONDRES! Não parou de chover desde que chegamos, mas seria necessário mais do que chuva para a vovó desistir dos planos que tem para nós. Até agora eles incluíram:

Dia 1: vinte quilômetros de caminhada pelo pântano Dartmoor. Vovó nos deu sanduíches, binóculos e cinco libras para comprar um doce no *pub* Black Lion, o ponto extremo do nosso roteiro. Disse que não poderíamos tentar trapacear comprando outro doce na cidade, porque o do Black Lion tem uma imagem do *pub* e só é vendido lá.

Dia 2: foi ontem, um verdadeiro palco de exploração infantil em jardinagem no século XIX.

Dia 3: é hoje, e foi ANDAR A CAVALO.

Quando estivemos aqui no verão passado, a vovó teve uma discussão com os encarregados da hípica PORQUE NÃO NOS DEIXAVAM GALOPAR.

– É uma questão de segurança – argumentou a gerente da hípica.

Vovó disse que isso era um ABSURDO, como poderíamos aprender a montar se não era permitido um pouco de velocidade? E a gerente respondeu que não era por ela, mas havia as exigências das leis de saúde e segurança aprovadas havia pouco pelo governo, e a vovó disse: – Que se danem a saúde e a segurança.

E agora a vovó comprou dois pôneis, porque, aparentemente, as leis de saúde e segurança são diferentes quando o animal é seu. Então Twig e Jas tiveram aula de manhã no padoque da vovó e à tarde Flora e eu voltamos ao pântano, dessa vez com instruções para só voltar para casa quando pudéssemos mostrar um BELO GALOPE.

– Estou um pouco assustada – eu disse para Flora, porque, apesar de ter praticado um pouco no padoque ontem e antes de ontem, não montávamos desde o verão e, claro, por todas as razões que escrevi, nunca tínhamos galopado.

Flora admitiu que também estava com medo.

– Podíamos fingir – eu disse.

– Ela ia saber – suspirou Flora. – Vovó sempre sabe. Ela seria capaz de saber pelo suor dos cavalos ou algo assim.

E olhamos irritadas para os pôneis, que provavelmente percebiam que na verdade não gostávamos de montar, pois tinham um ar de zombaria e balançavam a cabeça como se pouco ligassem para o que pensávamos ou queríamos.

Então nós galopamos. Os pôneis não nos deram escolha. Chegamos ao final do caminho de pedra atrás da casa, que dá para o pântano, eles simplesmente dispararam e... e foi espetacular! Num movimento ondulado os pôneis avançavam, e meus olhos lacrimejavam por causa do vento, a chuva fustigava meu rosto e o casco dos pôneis relampejava no pântano; a paisagem passava tão rapidamente que eu via apenas relances do rio que atravessamos patinhando, os muros de pedra de um cercado de ovelhas, um faisão assustado, um marco. Os pôneis diminuíram a velocidade quando a encosta se tornou mais íngreme, onde a terra é marrom e estéril. Finalmente conseguimos fazê-los parar, e foi então que eu caí. Flora me chamou de "idiota", mas ela ria tanto que também acabou caindo, e ficamos as duas deitadas olhando para o céu onde um pássaro voava em círculos e chamava outros pássaros.

Flora diz que se ela fosse um cavalo e perdesse seu cavaleiro, especialmente em Dartmoor, iria para longe, se esconderia e viveria uma vida livre da tirania dos homens. Mas os pôneis da vovó apenas se afastaram para comer um pouco de capim, e juro que mal perceberam quando montamos de novo. A vovó não conferiu o suor deles quando chegamos. Apenas olhou, satisfeita, e nos disse para tirar os arreios, escovar os animais, dar-lhes feno e água, e em seguida entrar para tomar o lanche, que eram panquecas e bolo de chocolate que Jas e Twig tinham feito com ela enquanto estávamos passeando e eles NÃO ESTAVAM FORA JUNTANDO GALHOS PARA A FOGUEIRA DA NOITE.

Vovó anunciou que amanhã é DIA LIVRE, o que sem dúvida significa mais cavalgadas e caminhadas e, em algum momento, nós vamos surfar. Surfar no inverno é um "tratamento", geralmente reservado para o dia de Ano Novo, mas vovó disse que este ano estamos muito levados e vamos ter dose dupla. Esta noite, porém, já não houve ar puro nem emoções. Sentamos perto do fogo e vovó nos fez preparar o boneco que íamos queimar, mas eu caí no sono, e Flora me disse que enquanto eu dormia fiquei falando "mais depressa, mais depressa", e que eu não parava de sorrir.

– O que é uma boa mudança – ela disse, mas ela parecia feliz e, de qualquer maneira, é verdade.

Quarta-feira, 2 de novembro

Hoje não parou de chover, e Flora disse que não faz mal, que ela não liga muito que a vovó pense que os emails apodrecem o cérebro e por isso não nos deixa usar o computador, a não ser em caso de emergências, e essa foi uma total emergência.

– COMO ASSIM, SENHORITA? – vovó disparou.

– Faz tanto tempo que não envio nada, meus amigos vão achar que morri.

Vovó é muito avançada em certas coisas, mas isso a deixa confusa.

Minha caixa de entrada de emails está vazia. Nem a mamãe escreveu, acho que é porque ela sabe que estamos com a vovó, que dificilmente vai nos autorizar a abrir o computador.

Fui para o Facebook. Desde que abri minha página no Facebook (porque a Flora me disse para abrir), só ela postou alguma coisa no meu mural ou pediu para ser minha amiga, mas hoje eu tinha quatro solicitações de amizade, de Dodi, Jake Lyah, Tom Myers e Colin Morgan.

– O que eu faço? – perguntei a Flora, que olhava por cima do meu ombro.

Ela revirou os olhos. – É só clicar em "confirmar".

– Mas eu não tenho certeza de que quero ser amiga deles.

– Não é à toa que você é tão sozinha – disse Flora.

Eu não ia clicar "confirmar" para Dodi, mas Flora me obrigou.

– Você não está em condições de escolher – ela disse, e acho que tem razão.

Quinta-feira, 3 de novembro

Hoje os planos da vovó deram errado. As ondas eram pequenas demais para surfar e o chão estava muito molhado para cavalgar, e os bebês bateram o pé e se recusaram a sair para passear. Então o papai telefonou avisando que viria de surpresa, porque tinha uma reunião em Exeter, e a vovó enfiou os bebês no carro para ir às compras.

– Não querem mesmo ir com a gente? – ela perguntou, mas Flora respondeu que tinha de retocar a raiz do cabelo e eu balancei a cabeça, porque, de repente, mais do que tudo, queria ficar sozinha.

A vovó saiu com os bebês, Flora entrou, e eu comecei a caminhar, bem devagar, para a nossa árvore.

Nem sei que tipo de árvore é, só sei que sempre foi minha e dela, e que é uma árvore velha e boa para subir, com uma espécie de plataforma, no meio da subida, que fica escondida mesmo no inverno, quando as folhas caem. Essa árvore já foi um monte de coisas. Foi Tintagel e Camelot, uma biga romana e um navio pirata, e ela era *nossa*. É o único lugar onde sei que posso sempre encontrá-la, e quando eu subia ela estava à espera. Sempre está.

Cheguei à plataforma, fechei os olhos e encostei o rosto no tronco. Juro, eu podia *ver* Iris. Espalmei a mão, e foi como se a árvore tivesse se tornado Iris. Abracei a árvore e chorei até ouvir o carro voltar e a vovó me chamar; então corri para o riacho e mergulhei a cabeça na água até ter a sensação de que ela ia estourar.

Vovó não falou nada quando me viu toda molhada. À tarde, ela me mandou limpar o estábulo e escovar os pôneis e, à noite, quando todos os outros estavam animados para ver o papai, ela me fez ajudá-la na cozinha. A vovó pode não ser de beijos e abraços, mas, quando terminamos, ela falou bem baixinho: – Muito bem, Bluebell – e eu soube que ela não estava se referindo ao meu pudim Yorkshire.

Flora abriu seus emails novamente depois do jantar. A vovó diz que, agora que aquela caixa de Pandora foi aberta, ela se conformou com o fato de que nunca mais voltará a ser fechada, mas está tentando limitar a internet a quinze minutos por noite, desde que tenhamos feito uma atividade ao ar livre durante o dia. Flora digitou furiosamente por muito mais do que quinze minutos. Nem ia olhar a minha caixa, mas, quando ela disse que era minha vez, não pude dizer não. E foi bom porque tinha um email de Joss.

Joss disse que as coisas estavam mais do que paradas em Londres. Era seu primeiro fim de semana das férias em que estava liberado do castigo; tinha ido a Guildford para ver velhos amigos, mas já tinha voltado para Chatsworth Square e para as intermináveis tarefas de casa e os deveres da escola. Disse que era estranho ficar lá sem os gritos e as portas batendo da nossa casa. Zoran vai alimentar os ratos todas as manhãs, mas fora isso e uma ópera que se ouve de vez em quando, não há sinal de vida. *Escreva para mim antes que eu morra de tédio! O que vocês estão fazendo? De que cor a Flora pintou o cabelo hoje? Preciso de uma dose de Bluebird para não ficar maluco!*

Ele se conectou quando eu estava lendo, bem quando apareceu na janela a regra dos quinze minutos da vovó. Ele queria saber tudo, e contei sobre os cavalos e a chuva, que Flora e eu galopamos e caímos dos pôneis, que filmei os outros cuidando do jardim, e ele disse que adoraria ver isso, especialmente Jas vestida como um camponês russo e Flora ajoelhada na lama. Depois ficamos conversando sobre tudo e sobre nada, e contei dos pedidos de amizade do Facebook, e ele disse que ia me adicionar também; contei que Flora aprendeu a cozinhar e vai fazer biscoito de manteiga de amendoim, ele disse que queria estar aqui para provar, e eu falei que também queria que ele estivesse aqui.

Então falei sobre hoje. Disse que tinha uma coisa para contar, ele comentou que isso parecia meio sinistro, e acabei falando. – Eu tinha uma irmã gêmea, mas ela morreu há três anos, no Natal – só isso. Uma frase. Pareceu fácil, mas depois tive vontade de rir e chorar ao mesmo tempo porque nunca tinha contado isso a ninguém, jamais tinha dito essas palavras. Joss reclamou e perguntou por que eu não tinha contado antes, respondi que não era fácil, então falei sobre a árvore, disse que chorei abraçada a Iris e que, desde que ela tinha morrido, era a primeira vez que eu falava a respeito com alguém. Joss disse que se sentia profundamente honrado, chorei um pouco mais, e então nos demos boa noite e nos desconectamos ao mesmo tempo.

Ainda estou no escritório agora. Sentada perto da janela, atrás da cortina xadrez de matelassê. Lá fora está completamente escuro, como nunca acontece em Londres. Mal consigo ver as árvores no jardim, que balançam de lá para cá. Meus olhos estão quase fechando, mas não quero ir para a cama.

O diário filmado de Bluebell Gadsby

Cena 9 (Transcrição)
Famílias felizes

EXTERIOR. DIA DE SOL!!!

JASMINE e TWIG travam um duelo no jardim murado da Fazenda Horsehill. Usam varas longas que seguram com as duas mãos. Twig é implacável no ataque, mas Jasmine é ágil na defesa, o que significa que ela foge sempre que ele ataca. FLORA parece estar dormindo, no galho baixo de uma magnólia, o PAI está numa cadeira de praia, supostamente observando, mas escrevendo às escondidas num caderno.

>TWIG
>(rugindo)
>NÃO SE MOVA E LUTE COMO UM CAVALEIRO!!!

JASMINE

(grita e se esconde atrás da cadeira do pai)

Papai, socorro, socorro!

PAI

(desligado, não levanta o olhar)

Cara donzela, aprende a defender-te sozinha.

Flora franze a testa, abre os olhos e desce da árvore. Chama Twig e Jas, toma suas varas e vai pé ante pé até a cadeira de praia do pai.

FLORA

(batendo com força na cadeira)

ALERTA, SEU COVARDE!!!

O pai é bom, mas Flora é melhor, resultado de incontáveis aulas de esgrima quando criança. Ela dança ao redor dele, ri às gargalhadas ao escapar de seus ataques, grita "ha" quando ele cai sob seus golpes. Ela o desarma com uma elegante virada de punho, e ele é obrigado a se ajoelhar diante dela na grama molhada. Ela coloca um pé em seu ombro e levanta a vara para o céu. Está com botas de pescar roxas, com o casaco de lã da vovó por cima do pijama, os *dreadlocks* rosa e roxos caindo nas costas, ela parece louca, mas, estranhamente, também parece uma guerreira.

                    FLORA
        Cavaleiro ignóbil! Renda-se!

                     PAI
                    Nunca!

                    FLORA
           (cutuca o pai com a vara)
                   Renda-se!

                     PAI
                   Rendo-me!

                    FLORA
            CAVALEIROS, ÀS ARMAS!!

Jasmine e Twig se lançam sobre o pai. VOVÓ sai da casa furiosa. Para toda a sua filosofia de escravidão infantil / nado na água fria / galope em pelo ela tem uma regra, mas rolar na grama molhada é totalmente proibido. Estava a ponto de gritar, mas seu rosto se suaviza ao ver o papai às gargalhadas, Jasmine e Twig fazendo-lhe cócegas. Até Flora está rindo. A câmera se distancia e se eleva até focar nuvens fofas e brancas que se perseguem no céu azul, azul.

    É difícil acreditar que algo de ruim possa acontecer num lugar como esse.

Domingo, 6 de novembro

Ontem, quando fui me deitar, Flora estava me esperando, preocupada porque tinha acabado de entreouvir uma conversa entre o papai e a vovó na cozinha. A vovó estava zangada com o papai porque ele disse que precisa ir embora amanhã e com a mamãe porque ela nem aparece.

– O que eu posso fazer? – disse o papai. – Estão precisando dela em Pequim.

– ESTÃO PRECISANDO DELA AQUI!! – A vovó gritou. – ESSAS CRIANÇAS PRECISAM DE SEUS PAIS!

O papai disse que estávamos bem, segundo Flora, essa era sua desculpa clássica. Flora disse que é claro que *estamos* bem, mas o papai diria isso mesmo se estivéssemos no meio de um terremoto e de um incêndio violento. Então o papai disse bem baixinho, mas Flora conseguiu ouvir: – Você se lembra do que o papai disse quando saiu de Londres para vir morar aqui? Que vocês dois sempre sonharam em viver no campo e agora estavam seguindo seu sonho. Estou feliz, mamãe. O que faço me deixa feliz, e pela primeira vez em três anos eu não acordo todas as manhãs com vontade de gritar. – Mas e a sua família? – a vovó perguntou, e o papai falou que ia nos contar em breve, quando tivesse certeza de que entenderíamos. E a vovó quis saber o que a mamãe pensava disso tudo, e o papai, com uma voz realmente muito triste, disse que não lembrava a última vez que eles tinham tido uma conversa sem discutir.

Agora Flora está mais convencida do que nunca de que o papai está apaixonado por alguém em Warwick. Alguma professora esquisita da universidade. Ela disse que certamente eles leem em voz alta, um para o outro, de noite na cama, e que ela estava muito pessimista quanto ao futuro. Mas, então, no final, o papai acabou ficando. Ele estava com tudo pronto para voltar depois do frenesi de cócegas na grama, mas Jas se agarrou nas suas pernas e Twig explicou (bem devagar, como se o papai fosse o filho e Twig o adulto) que tínhamos preparado um boneco, que mais tarde iríamos queimá-lo numa fogueira, e que no jantar ia ter salsicha com batata cozida e *marshmallow*, e que também haveria fogos de artifício no vilarejo.

– Você *precisa* ficar, papai – disse Jas, que em seguida fez os olhos redondos de gato; papai suspirou e disse que ficaria e voltaríamos para casa todos juntos de trem.

Então o papai foi fazer *bodysurf* conosco e, embora ele gritasse quando entrou na água (estava com uma roupa de mergulho sem meias, erro que nunca mais vai repetir), depois não falava em outra coisa.

– Lembram quando todos pegamos a mesma onda?

E também: – Há séculos não me divertia assim!

Ainda: – Por que não faço isso todos os anos? – esquecendo que, sempre que a vovó nos obriga a fazer isso no dia de Ano Novo, ele fica em casa, dormindo perto da lareira.

Depois de secos e aquecidos, fizemos a fogueira. Empilhamos toda a madeira reunida durante a semana, além do lixo que a vovó tinha guardado por um ano – jornais, caixotes de legumes, caixas de papelão, uma cadeira quebrada, tábuas podres do antigo galpão. Fizemos a pilha mais alta possível e colocamos o boneco no topo. Fomos ver a queima de fogos no vilarejo e voltamos para acender a fogueira, e o papai nos fez dançar em torno do fogo de mãos dadas, entoando velhas cantigas do século XVII que ele conhece, datadas da época em que Guy Fawkes* tentou explodir o Parlamento. Comemos as salsichas e as batatas e, em seguida, a vovó trouxe cobertores em que nos enrolamos, deitados, observando as estrelas, com exceção de Flora, que tostou *marshmallows* para todos, enquanto o papai contava histórias de fantasmas.

– Mamãe adoraria isso – disse Jas, quando as histórias terminaram e ficamos calmamente observando as chamas.

....
* Soldado inglês católico que teve participação na "Conspiração da pólvora", que pretendia assassinar o rei protestante Jaime I e todos os membros do Parlamento, em 1605, dando início a um levante. (N. da T.)

– É verdade – papai estendeu os braços e Jas se deitou em seu colo. Ele a abraçou e afundou o rosto em seu cabelo, ninando a filha.

– Queria que ela estivesse aqui – disse Jas.

– Eu também, querida – e o papai continuou balançando Jas.

Meus olhos encontraram os de Flora do outro lado da fogueira, e ela levantou os ombros.

*

Agora estamos no trem. Foi triste me despedir da vovó, mas estou ansiosa para ver Joss. Pelo menos, acho que estou. Como se comportar com alguém a quem você contou seu segredo mais íntimo? Não que a morte de Iris fosse exatamente um segredo, mas era assim que eu sentia. Será que ele vai querer falar sobre isso? Vai querer saber o que aconteceu? Talvez se comporte como sempre; e, se isso acontecer, vou ficar aliviada ou desapontada? Talvez não diga nada imediatamente, mas espere o momento oportuno e então, talvez, quando acontecer, eu comece a falar sem parar como sempre faço, e talvez eu me sinta bem.

Talvez.

LONDRES

Segunda-feira, 7 de novembro

Tenho pensado em Iris e em como ela escalava nossa árvore, subindo cada vez mais, sem medo, até chegar ao topo, ao passo que eu sempre morria de medo de ir além da plataforma. Uma vez eu disse à vovó que não era justo que Iris fosse muito mais corajosa do que eu. Iris nunca tinha medo de nada, mas a vovó disse que há uma diferença entre ser corajoso e não ter medo. Iris não tinha medo porque nunca pensava nas consequências do que fazia. – Iris faz e pronto, disse vovó. – Você, Blue, realmente pensa no que poderia acontecer se caísse da árvore. No dia em que você subir até o topo, vai ser muito mais corajosa do que ela – então, cerrei os dentes e subi. Segui Iris na subida, tentando não olhar para baixo; cheguei até ela e nós duas gritamos aos berros por estarmos juntas no topo do mundo.

Não sou a pessoa alegre e vencedora que certa vez subiu até o topo daquela árvore.

Não estou no topo do mundo.

Hoje de manhã Joss apareceu antes da escola. Estava com uma parca verde surrada por cima de um moletom de capuz azul-marinho que eu nunca tinha visto, e seu cabelo ainda estava molhado do banho. Ele se parecia tanto... com ele mesmo. Quando me viu abriu aquele sorriso grande, colocou o braço em volta dos meus ombros e disse: – Como está a minha Bluebird? Senti sua falta!

Foi um abraço gostoso, e me senti aliviada. Pensei, vai dar tudo certo, tudo ainda está normal, e eu estava feliz. Então, antes que eu pudesse pensar em algo para dizer, Flora saiu, de minissaia xadrez e meias Doc Martens três quartos, o cabelo multicolorido preso no alto da cabeça. Ela olhou para Joss, ele soltou meus ombros e fomos para a escola, acompanhando Flora, que se colocou entre nós dois e não parava de falar em como estava animada porque os ensaios para o espetáculo de Natal recomeçariam esta noite. Revirei os olhos para Joss, ele sorriu e disse muito educadamente: – Você é tão sortuda, eu adoraria estar envolvido em algo assim – e Flora perguntou: – Você faz teatro? – e ele disse: – Não, estou mais para assistente de palco – e então Flora, Flora!, falou: – Bem, estamos sempre precisando de assistentes de palco; então por que você não vem para o ensaio comigo esta noite? – *e Joss de fato disse Ok.*

Eu devia ter percebido, então, que algo estava errado. Só o vi uma vez na escola, na hora do almoço. Estava enjoada e achei que não ia conseguir comer, mas Jake, Tom e Colin, que parecem ter decidido me adotar, me arrastaram para a cantina, e lá estava ele na minha frente na fila, carregando a bandeja do almoço, sozinho como sempre, mas parecendo não se importar.

– Boa tarde, linda – ele me cumprimentou quando nos encontramos na mesa dos talheres.

Jake disse: – *Sente conosco* (ele meio que guinchou, porque desde o Grande Desastre do Rato, ele passou a adorar o Joss), Joss riu e agradeceu, mas viu que eu estava em boas mãos e não quis se pôr no caminho dos meus muitos admiradores; aí ele me deu um tapinha no ombro, e eu corei. – Até logo, Bluebird – ele falou, e toda a cantina olhou para mim, tipo "o novo garoto exuberante e a menina invisível silenciosa" e, apesar de ter sido terrível, também foi bem legal.

Esperei fora da escola, mas ele não veio. Depois de um tempão, fingi que tinha esquecido o livro de francês na biblioteca para poder voltar e dar uma olhada. A escola estava vazia, só havia o velho Dave, o zelador, já quase sem dentes, que ficou com raiva de mim, porque eu estava demorando e ele queria trancar o prédio. Voltei para casa sozinha. Quando cheguei, Flora já estava saindo às pressas, enfiando um sanduíche na boca. Ouvi Zoran gritar: – Leve o casaco – e ela respondeu, gritando: – Não posso, estou atrasada – e passou por mim a caminho da casa de Joss, e lá bateu na porta. Ele saiu quase imediatamente. – Atrasada – Flora repetiu, e os dois correram para a rua, viraram a esquina e desapareceram.

Foi então que eu soube que gosto de Joss.

O diário filmado de Bluebell Gadsby

Cena 10 (Transcrição)
Traição

NOITE. PRAÇA CHATSWORTH.

A escuridão é pontuada pelos feixes das luzes alaranjadas da rua e pelas densas silhuetas pontilhadas das árvores de inverno.

Uma mulher caminha na direção da câmera, uma bolsa de trabalho pendurada no ombro, uma sacola pendurada na mão.

Um ciclista solta a bicicleta de uma grade, desliza sob as luzes e desce a rua em direção a Ladbroke Grove.

Uma raposa cinzenta trota ao longo da calçada, pelo fino e irregular, nariz erguido. Ela desliza pelas grades, vai dar num jardim e a câmera capta o ruído fraco de uma tampa de lata de lixo caindo. Ela reaparece momentos depois, lambendo os beiços.

Nenhum movimento agora. Até o vento parou.

Um casal vem da esquina de Mandeville Crescent, uma moça e um rapaz, andando no mesmo ritmo.

Ela está com um casaco verde, grande demais. Ele está de moletom azul-marinho, abraçado a si mesmo para se proteger do frio.

São FLORA e JOSS.

Param em frente ao portão. Não olham para a casa, não percebem a janela aberta, a câmera olhando para eles. Mal se ouve o que falam.

FLORA
Obrigada por me emprestar seu casaco.

JOSS
Às ordens.
(pausa)

JOSS (continua)
Fica bem em você.
(Pausa. Flora desvia o olhar)

JOSS (cont.)
Mas, também, tudo fica bonito em você.

FLORA
Preciso entrar.

JOSS
(tentando tocar o cabelo de Flora)
Flora

Ele chega mais perto, e agora Flora não desvia o olhar. Ela o encara à medida que ele se aproxima, se curva, desliza a mão de seu cabelo para seu pescoço, puxando-a para si.
    Joss beija Flora.
    Flora beija Joss.
    A tela escurece.

Terça-feira, 8 de novembro

Hoje de manhã recebemos um postal do papai.
Se o rei Arthur tivesse uma filha, como ela seria?
Acho que diz muito sobre a minha família o fato de ninguém realmente ter parado para perguntar *Por que o papai está perguntando isso?* ou *Também estou bem, papai, obrigada por querer saber.* Eles simplesmente embarcam na conversa.

– Ela seria fraca – falou Twig. – Ficaria pendurada na janela do seu quarto gritando *me salve, papai, me salve*, como um carneirinho.

Jas fechou a cara e tentou dar um chute nele, mas Twig saiu da frente, rindo. – Ela seria valente – rosnou Jas. – Mataria dragões e resgataria donzelas e MATARIA CAVALEIROS INÚTEIS E ESTÚPIDOS!

– Então, não seria uma filha, seria um filho – Twig observou.

Jas jogou nele o livro de exercícios.

– O que você acha, Flora? – perguntou Zoran.

– Sobre o quê?

Flora tem vagado numa pequena nuvem borbulhante de felicidade. É quase impossível chamar sua atenção, e muito menos ter uma conversa com ela.

– Se o rei Arthur tivesse uma filha – falou Zoran –, como ela seria?

Flora suspirou, como se dissesse que eram todos muito bobos, mas ela estava tão cheia de boa vontade, doçura e luz que nos responderia de qualquer forma. – Ela teria roupas incríveis – ela falou. – Conjuntos de armaduras para lutar e túnicas esvoaçantes.

– Túnicas esvoaçantes! – Twig zombou. – Papai enlouqueceu.

– Seu pai é um grande intelectual – falou Zoran.

– É? – perguntou Jas. – De verdade, grande mesmo?

Flora bufou. Zoran a encarou. Jas desandou a chorar e disse que gostaria que ainda estivéssemos em Devon.

Fui a única a me calar, mas também a única que se preocupou em responder.

Escrevi um email para ele esta noite. *Se o rei Arthur tivesse uma filha, ela estaria muito confusa.*

Quase não fui para a escola hoje. Zoran teve de entrar no meu quarto e praticamente me arrastar para fora da cama. Eu disse que não estava me sentindo bem, mas ele não quis saber. Falou: – Tenho um monte de coisas para fazer hoje, e entre elas não está ficar em casa cuidando de garotinhas que estão suficientemente bem para ir para a escola.

Eu disse que poderia ficar sozinha, e ele respondeu que não, que mamãe e papai pagavam para que ele cuidasse de mim, e então tive de ir.

– Se eu morrer – falei –, meu sangue ficará em suas mãos.

– Deixe o teatro para a Flora – disse Zoran. – Não combina com você.

– ODEIO VOCÊ! – gritei, enquanto ele descia as escadas. – E não sou UMA GAROTINHA!

– Pois se comporta como se fosse.

Flora saiu do quarto dela e bocejou. Estava com seu quimono de seda verde e rosa, aquele que ela dizia que a deixa muito feminina. Seu cabelo caía pelas costas como um arco-íris de *dreadlocks* emaranhados. Ela parecia estranha, fascinante e bonita, e vê-la me fez gritar de novo.

Depois me arrependi, é claro. Saí em disparada para a escola, sem esperar por ela, porque não suportaria estar lá quando ela contasse a Joss como eu tinha sido infantil. "Blue teve um ataque hoje de manhã!" Podia bem imaginar a cena. "Ela berrou como uma criança de 2 anos." E Joss diria "Acho que ouvi alguma coisa através das paredes; uau, Bluebird, eu não sabia que você era assim." Então ele e Flora provavelmente se beijariam de novo, em público, na rua, na minha frente, e eu teria de ser toda "Ah, vocês dois são tão fofos juntos", ou fazer barulho de quem está vomitando, ou fingir que não percebia nada ou seja o que for que se diga ou faça quando se tem 13 anos e sua irmã mais velha está SE PEGANDO

COM O MENINO DE QUEM VOCÊ GOSTA BEM NA SUA FRENTE.

O menino de quem eu gosto?

Na escola, fiz o possível para ignorar todo o mundo. Parecia fácil, depois de tantos meses sendo ignorada, mas pelo visto isso não é possível depois que você causou sensação ao levar para a escola ratos dirigindo carros de corrida. Para começar, Dodi me trouxe *cupcakes*. – Fiz ontem à noite e lembrei que você gostava – ela explicou.

CUPCAKES? FIQUEI SUA AMIGA NO FACEBOOK E ELA ME TRAZ *CUPCAKES*? DEPOIS DE ANOS ME IGNORANDO? DEPOIS QUE A HUMILHEI PUBLICAMENTE?

E ainda eram os Red Velvets com cobertura de *cream cheese*, que Jas adora; então os peguei para ela, só que Dodi pareceu desapontada, e acabei dividindo com ela os *cupcakes* no intervalo, mesmo mal nos falando enquanto comíamos. E, na aula de francês, à espera de La Gilbert, Jake Lyall apareceu com seus dois mosqueteiros, e eu tive um ataque quando eles tentaram me mostrar desenhos de ratos que eles querem usar para decorar seus *skates*.

– AH, PARA QUE ISSO? – gritei. Eles pareceram chocados. Basicamente ninguém está acostumado a me ouvir gritar, nunca.

– Seus ratos são famosos – Jake falou.

– Eles são muito legais – gaguejou Colin.

– SÃO COMO SUPERASTROS! – gritou Tom, ainda mais alto do que eu, mas Tom é como a vovó, que sempre grita e ninguém nem pisca.

– Eu quis dizer para que viver – falei. Afundei na carteira e tentei ignorá-los, mas acho que os meninos são programados para não entender essa coisa de "quero ficar sozinha", porque eles ficaram ali até eu olhar os desenhos, que são realmente bem legais.

Saí de novo na hora do almoço. Escapei pela porta como se fosse um raio invisível e voltei ao Home Sweet Home.

Estava exatamente como sempre foi: o velho cachorro fedorento e a Capital Radio tocando, os homens de óculos de armação preta acenando seus iPads, as mães com seus carrinhos. Lembrei que tinha estado ali com Joss, o modo como tinha decidido o que eu precisava para me sentir melhor, os bolos que pediu, o jeito como me ouviu quando lhe contei coisas que nunca tinha contado a ninguém, e tive vontade de gritar de novo.

Havia uma bebê na mesa ao lado, toda de branco, com exceção de uma fita cor-de-rosa no chuca-chuca, a pele negra macia e brilhante, dormindo com as mãos debaixo do rosto como todos os bebês, como se estivessem dizendo *por favor, não me acorde, por favor, por mais bonitinho que você me ache, por favor, não fale tatibitate, nem me cutuque, nem me acorde*. Eu gostaria de ser como ela.

A bebê acordou mesmo assim e olhou direto para mim. Seus olhos pareciam chocolate. Ela estendeu a mão e eu estendi a minha, sem pensar, para que ela pudesse pegar meu dedo. Ela gorgolejou. A mãe sorriu.

– Ela gosta de você – ela falou.

– E eu gosto dela.

– Você não deveria estar na escola?

– Vou voltar – suspirei.

A mulher tinha um sorriso encantador. – Não pode ser tão ruim assim, querida – ela disse.

– Acredite, é sim – respondi.

Ninguém me viu voltar. Mesmo hoje, quando meu sangue está fervendo de raiva, quando me sinto capaz de gritar tão alto a ponto de fazer aparecer de trás das portas e janelas fechadas os professores, os assistentes, os alunos e a servente da cantina, além do faz-tudo da escola, mesmo hoje posso me fazer passar por uma sombra.

O diário filmado de Bluebell Gadsby

Cena 11: Roteiro
Um passeio num dia muito improvável, mas uma agradável pausa na tragédia que é minha vida

DIA. INTERIOR DA CASA DE REPOUSO RICHMOND HILL.

Uma sala grande, mal conservada, mas agradável. Carpete bege desgastado, portas francesas dando para um jardim. Uma grande mesa coberta de revistas. Estantes cheias de livros. Muitas e muitas poltronas revestidas de tecido florido, todas voltadas para o fundo da sala onde ZORAN está sentado a um piano alto. Em cada poltrona, uma pessoa muito, muito idosa. Alguns desses idosos estão dormindo, alguns babam, mas a maioria está alerta, com o rosto brilhante de expectativa. A IDOSA mais próxima ao piano aperta as mãos contra o peito. Tem o cabelo branquinho preso num coque e olha para Zoran com adoração. Ao seu lado, UM IDOSO DE GRAVATA-BORBOLETA VER-

MELHA olha com adoração *para ela*, que não lhe dá atenção. Zoran senta e espalma as mãos sobre o teclado. Os idosos o observam.

                ZORAN
       (ao piano, levanta os olhos)
            Chopin, *Noturno*

Zoran começa a tocar, só que tocar não parece ser a palavra certa. A música jorra das extremidades de seus dedos, leve, arrebatadora, um pouco triste. Os idosos que estavam dormindo acordam. Alguns dos que estavam acordados fecham os olhos. A idosa de cabelos de neve estende a mão para o idoso de gravata-borboleta vermelha, que fica todo corado, mas sorri de orelha a orelha. Zoran continua tocando.

                ZORAN
                Mazurka!

As mãos de Zoran dançam, tamborilam, voam. As pessoas sorriem. Um idoso bate os pés. Duas idosas balançam. A senhora de cabelo de neve ri baixinho. A música termina. Agora todos estão acordados.

     IDOSO DE GRAVATA-BORBOLETA VERMELHA
      (olhando timidamente para a idosa)
    Agora toque uma canção para nós, filho!

IDOSO DE MOLETOM CINZA
Toque alguma coisa dos Beatles!

Zoran toca *A Hard Day's Night*, *All You Need is Love* e *Hey Jude*. Em seguida, *Stormy Weather*, *Puttin 'on the Ritz* e *Strangers in the Night*. Toca músicas de Buddy Holly e Elvis Presley. Canta com eles. Muitos idosos participam, a maioria com vozes trêmulas, alguns surpreendentemente firmes. Zoran está transformado. *Au revoir* para o *au pair* nerd. *Bonjour* para o jovem músico arrojado. O cabelo crespo está desgrenhado de tanto ele passar a mão pelos cachos entre um número e outro. Ele tira os óculos, seus olhos brilham. Ri e sorri. Transpira confiança e felicidade.

A idosa de cabelos de neve e o senhor de gravata-borboleta olham um para o outro. Quando Zoran termina, metade dos idosos está em lágrimas, mas todos aplaudem loucamente.

Quarta-feira, 9 de novembro

– Não posso ir à escola – falei para Zoran de novo esta manhã. – Simplesmente não posso.

Zoran colocou a mão na minha testa, o que sempre faz quando não nos sentimos bem; é muito pouco científico e o resultado é sempre igual, até quando Jas estava realmente doente, com uma infecção de ouvido.

– Desta vez você também não está doente.

– Estou com muita dor *aqui* – falei, apontando para o estômago, o coração e a garganta. – Aqui também – acrescentei, esfregando a cabeça, o que era verdade. Apareceu quando pensei nisso.

– Você quer dizer que não *quer* ir à escola.

– Por favor, Zoran – implorei. Porque eu não estava mentindo. *Não posso* ir à escola. Não posso ver Flora e Joss juntos. Não posso falar com ele. Simplesmente não posso.

Não sei por que Zoran não nos contou sobre sua tia-avó antes. É a senhora de cabelos de neve que ficava segurando a mão do idoso. Seu nome é Alina, e Zoran foi criado em sua casa, pois seus pais tinham morrido.

– Ela não é inglesa – falei.

– É da Bósnia – Zoran respondeu. – Como eu – acrescentou. – Mas ela veio para cá muito antes da guerra.

Perguntei: – Que guerra? – e também disse que estava surpresa, porque ele fala sem sotaque nenhum. Nem percebi que ele era estrangeiro.

– Houve uma guerra terrível no meu país – ele explicou. – De abril de 1992 a novembro de 1995. Realmente, não sei o que ensinam naquela escola. Não é de admirar que você não queira ir. E, Blue, meu nome é *Zoran*.

Dei de ombros. – Muita gente tem nome estranho.

Zoran disse que na Bósnia seu nome não era considerado estranho, e que ele não queria falar nisso.

Alina é encantadora. Depois do concerto, ela me deu uma balinha da lata que Zoran lhe trouxe e disse que eu era linda. O que era consolador, mesmo que ela fosse, obviamente, meio cega.

– Aquele senhor é namorado dela? – perguntei.

– Peter? Ele gostaria de ser. Na verdade, sempre a pede em casamento, mas ela sempre diz não.

– Isso é tão triste.

– Pelo amor de Deus, Blue, ela tem 95 anos!

– Não sei que importância tem isso, se eles se amam.

Zoran disse: – Desconfio que ele só esteja atrás do dinheiro dela.

Fiquei chateada e disse que não acreditava, porque aquele senhor parecia realmente amável, e às vezes as pessoas se amam de verdade. Zoran disse que decerto eu tinha razão e que não devia dar atenção a ele, que era amargo e estranho.

– É inacreditável que você nunca nos tenha contado sobre ela – falei. – Sobre sua tia-avó, quer dizer.

Zoran respondeu que queria separar sua vida de trabalho da sua vida particular.

– Não sabia que éramos trabalho – resmunguei.

– Infância separada da idade adulta, se você preferir – acrescentou. – Aquele tempo e agora, a Bósnia e a Inglaterra.

– Mas você cresceu *aqui* – falei.

– A questão não é essa – Zoran disse. – E você precisa estudar piano. É incrível que nenhum de vocês toque um instrumento musical.

– Flora começou a aprender violino – respondi. – Mas ela enjoou. Para ser honesta, foi um alívio.

– A música é um grande remédio – ele falou. De repente, Zoran deu a impressão de estar muito triste.

– Você parecia diferente quando estava tocando – acrescentei. – Quase bonito.

Zoran riu. – *Quase?* – perguntou, e eu ri também.

Zoran vai à casa de repouso uma vez por semana, quando estamos na escola, e também no fim de semana, quando a mamãe e o papai estão aqui. Os idosos sempre lhe pedem para tocar.

– Você não se incomoda?

Ele não se incomoda, porque é a única oportunidade que tem para tocar. Sua tia-avó vendeu seu piano de um quarto de cauda junto com a casa, a fim de pagar a Richmond Hill, então agora ele não tem casa nem piano.

– Você deve sentir saudade – falei, referindo-me à casa.

– Todos os dias – ele respondeu, referindo-se ao piano.

Quando voltamos, estava me sentindo um pouquinho melhor em relação à vida. Almoçamos e Zoran me contou sobre a sua tese que se chama alguma coisa como *Luz nas trevas: mágica e metafísica na Grã-Bretanha do século XII*. Na verdade, não tenho ideia do que se trata, mas ele ficou muito empolgado. Trabalha nela há três anos, desde quando tinha 22, e diz que espera terminar no próximo ano, se algum dia lhe dermos um pouco de sossego. Depois do almoço, ele colocou um CD de um compositor russo chamado Rachmaninov e foi para o escritório trabalhar; eu deitei na minha cama para escrever este diário. Então, às 15h30 fomos pegar os bebês na escola. Fomos com eles ao parque e depois ao café onde servem aquelas tortas com cobertura puxa-puxa e chocolate quente com chantilly. Ficamos todos com o nariz cheio de creme; Zoran tirou nossa foto com o celular e a deixou como seu protetor de tela. Foi tão bom e o dia todo foi tão diferente que na verdade quase esqueci todo o horror, a tristeza e a decepção de ontem.

Depois fomos para casa, e Flora estava lá com Joss. Os dois se pegando na cozinha.

Quinta-feira, 10 de novembro

Afinal não sou tão invisível quanto pensava. Voltei para o Home Sweet Home para almoçar, e a bebê fofinha estava lá de novo. Ash, a mãe, disse que a menininha se chama Pretty, que quer dizer bonita.

– Porque ela é mesmo bonita. Quer dar a mamadeira dela?

Ash me contou como é ter um bebê. Disse que nem ela nem Pretty dormem à noite, mas cochilam durante toda a manhã, juntas na cama de casal de Ash, depois que o namorado dela vai para o trabalho. Ela comprou torta de ruibarbo para mim, insistiu em que eu pusesse chantilly, e fez um escândalo para eu voltar para a escola na hora certa. Estava quase feliz quando fui embora, meio espantada com a quantidade de doce que tinha comido, enternecida e meio atordoada por ter segurado Pretty e ter sido mimada pela Ash; mas aí madame Gilbert estragou tudo; ela estava no portão, ainda fumando seu Gauloise, mas agora ela está de olho em mim, não me dá a *menor* folga.

Ela me chamou de menina do rato – ou mais precisamente, *ei, você aí, menina do rato!* – e me colocou em detenção. Em si, isso não era um problema, pois significava que eu poderia evitar voltar para casa junto com o casal feliz, mas, quando cheguei, Flora e Zoran estavam discutindo aos berros na frente de casa.

– Não tenho culpa se o número de ensaios aumentou! Não é uma peça de escola, você sabe. É teatro profissional!

– Espetáculo amador não é teatro profissional – Zoran respondeu. – Também não é curso universitário.

– E DAÍ? – exclamou Flora.

– Então faça seu dever de casa, depois você pode ir.

– VOCÊ NÃO É MINHA MÃE! – Flora gritou.

– Vamos lá, cara – disse Joss. – Seja legal.

Ele sorriu para mim, como se dissesse: – Fale com ele, Blue.

Dei de ombros. Ele ergueu as sobrancelhas. Desviei o olhar.

– E *não* me chame de *cara* – Zoran falou, sem gritar, mas com tanta frieza que cheguei a tremer. Devo ter feito algum barulho, porque ele se virou para me olhar; e, mesmo no escuro, com Joss em pé logo atrás dele e meu coração batendo tão forte que pensei que fosse vomitar, vi que ele estava furioso.

– Ah – disse Zoran. – A andarilha está de volta.

Flora começou a se afastar. Ela sempre foi boa em perceber as oportunidades.

– Volto às 21 h – ela gritou, quando chegou ao portão.

– AINDA NÃO TERMINEI COM VOCÊ! – Zoran rugiu, mas ela já estava correndo pela rua, de mãos dadas com Joss.

– Prometo que faço o dever de casa quando voltar! – Flora gritou, só que ela ria tanto que mal se distinguiam as palavras.

Ela não voltou às 21 h. Fui para a cama e fiquei prestando atenção e ouvindo Zoran andar de lá para cá no corredor, esperando. Quando ela chegou houve mais gritos e lágrimas. Cobri a cabeça com o travesseiro para não ouvir.

Sexta-feira, 11 de novembro

Hoje mamãe veio para casa. Estávamos esperando que ela chegasse para o jantar, mas o avião atrasou. Zoran procurou os detalhes na internet, e Jas chorou quando soube que o avião só pousaria às 23h15. Twig não chorou, mas foi para o jardim conversar com os ratos. Flora bateu a porta e saiu para ver Joss, e depois bateu a porta de novo porque ele não estava. Zoran gritou com ela.

Fiquei no meu quarto com a minha câmera, revendo O Beijo.

Até agora tenho conseguido evitar Joss muito bem, mas acho que um dia vou ter de voltar a falar com ele. Afinal, é meu vizinho, além de namorado da minha irmã. Pode ser que um dia se torne meu cunhado.

O jeito como ela tira o casaco dele. O jeito como olha para ele, meio rindo. Direto para ele, *convidando-o* a beijá-la. Tentei dizer a mim mesma que ela não lhe deu escolha, mas depois...

O jeito como ele toca seu cabelo e desliza a mão por trás do pescoço dela...
Beijo.
Pausa.
Retorna.
O jeito como ela tira o casaco dele...
O jeito como ele toca seu cabelo...
É tão óbvio que ele a queria, também.
Não jantamos juntos esta noite. Flora levou seu prato para o quarto e Twig foi comer no jardim. Zoran, Jas e eu comemos na frente da televisão – salmão *en croûte* com maionese caseira, fatias de batata e torta de limão.
– Você se superou – eu disse a Zoran, porque era verdade e também porque ele parecia infeliz. Ele deu de ombros e falou que sabia que era muito comum os adolescentes comerem no quarto; mas achávamos normal Twig comer no jardim, no escuro, com os ratos, quando estava começando a chover? Para nós isso significa que ele é um fracasso como *au pair*?
Então Twig entrou e teve de tomar um banho bem quente porque estava encharcado e congelando; mas ele se enganou e, em vez de usar shampoo, usou a amostra do novo leite de banho Chanel que mamãe trouxe para Jas na última viagem, e Jas ficou furiosa. Fazia um tempão que ela não tinha um ataque de fúria, ultimamente só chorava, e eu tinha esquecido que ela conseguia gritar tão alto e ser tão intensa. Ela gritou que odiava todos nós, especialmente Twig, e que desejava que morrêssemos logo para ela ter um pouco de paz e tranquilidade na vida, livre de ladrões como seu irmão horrível, e que desejava nunca ter nascido. Quando Zoran tentou acalmá-la, ela o mordeu. Depois, jogou toda a coleção de quadrinhos de Twig pelas escadas, foi para a cama e chorou até dormir. Twig saiu do banheiro devagarinho, muito cheiroso mas um pouco assustado, e perguntou se podia dormir comigo. Flora ficou no quarto dela.
Sentei na cama, com as luzes apagadas por causa do Twig, digitando meu diário e ouvindo-o dormir no colchão

ao lado da cama. Ele solta uns ronquinhos e grunhidos, parece um porquinho. Lá embaixo, Zoran ouvia um concerto no rádio na cozinha, e eu às vezes percebia trechos de música ou aplausos.

Já fazia um tempo que tinha sonhado com a praia em Devon, onde certa vez o papai nos fez gritar. É sempre igual: a maré baixa, camadas de pedrinhas que descem para a beira do mar, onde os seixos são cor de areia e brilham na parte rasa, e trechos do mar espelhado cintilam como um tesouro. Fora os seixos alaranjados e o verde monótono dos campos bem acima de nós, no topo do penhasco, a paisagem é praticamente monocromática. A rocha, o mar, o céu, tudo é cinza. Uma névoa branca vem do mar e em meio a ela se entrevê uma silhueta magra e frágil, que se afasta da margem onde estou com a mamãe e o papai, Flora, Jas e Twig. O vento agita a névoa. A figura se torna fluida, depois sólida, depois fluida novamente. A cada vez ressurge um pouco menor, até que desaparece completamente.

No meu sonho, Iris nunca olha para trás.

Assim que acordei, soube que a mamãe estava em casa. Havia vozes reais lá embaixo, e a casa parecia menos vazia. Não me lembro de outra ocasião em que tenha ficado tão feliz com a ideia de vê-la. Levantei, saí do quarto, atravessei o patamar e desci as escadas, em silêncio, para não acordar os outros. Esta noite eu não queria dividir a mamãe nem esperar a minha vez até que os outros se calassem. Eu queria a mamãe *agora*. Seu abraço, sua voz dizendo que me amava. Não consigo descrever quanto desejava isso. Era como uma *fome*.

Parei ao chegar à porta da cozinha. Havia alguma coisa errada. Mamãe não se levantou para me receber. Estava de costas para a porta, a cabeça entre as mãos. Zoran estava ao seu lado. – Assim como eles, não gosto dessa situação – ela dizia.

– Mas você *tem* de viajar tanto? – perguntou Zoran.

– Neste trabalho, sim. Bem que pedi para viajar menos, mas eles deixaram bem claro que não tenho escolha.

— Então peça demissão — Zoran sugeriu.
— Demissão? — a mamãe parecia chocada.
— Não sei se consigo lidar com tudo isso — disse Zoran. — Jas não para de chorar, estou preocupado com Blue, e Flora se tornou incontrolável.
— No trabalho — a mamãe explicou, em voz baixa e estranha — é o único lugar onde não penso na minha filha.
Então ela começou a chorar, balançando para a frente e para trás na cadeira, os braços em volta da cintura. — Iris, meu bebê, meu bebê!
Zoran ficou de frente para ela e pegou suas mãos. Ela apoiou a cabeça no ombro dele, soluçando.
— Eu sei — Zoran falou. — Acredite, Cassie, eu sei.
Ouvi um barulho atrás de mim. Flora, sentada na escada, parecia uma estátua de pedra.
— Não foi minha culpa — sussurrei.
Flora não respondeu. Subimos discretamente as escadas e voltamos para a cama; não falamos mais nada.

Sábado, 12 de novembro

Culpa subst. **1** falha; falta **2** erro **3** delito **4** responsabilidade por erro ou má ação

Das três, Iris era quem tinha as ideias, e por isso era nossa líder. Dodi e eu éramos quase suas cúmplices, suas fiéis escudeiras, e também suas babás, porque uma pessoa que não tem medo precisa de alguém que cuide dela. Os longos jogos de faz de conta. O salão de beleza para bichos de estimação no quinto ano. A tentativa de velejar ao redor de todo o lago num percurso em que tínhamos de ficar entre as boias. Nós a acompanhávamos, mas não a seguimos quando ela comeu as plantas que dizia ser comida de verdade nos nossos faz de conta. Demos banho nos gatos da vizinhança, mas exageramos ao usar um secador de cabelo. Pedimos ajuda quando ela disse que deveríamos remar.

Nós cuidávamos dela. Estávamos *sempre* cuidando dela.

Ontem foi o Dia do Armistício*. Na escola, fizemos o silêncio de dois minutos às 11 h, para marcar o fim da Primeira Guerra Mundial na décima primeira hora, do décimo primeiro dia, do décimo primeiro mês. Ficamos além do horário, depois da aula de matemática, nos colocamos atrás das carteiras, sob a vigilância do senhor Maths. Anthea nos contou, na aula de inglês, que o irmão do senhor Maths foi ferido no Afeganistão, e ninguém se atreveu a mover um músculo durante os dois minutos. Mas, no final, quando tocaram a corneta e disseram: – Vamos nos lembrar deles –, vi Dodi enxugar os olhos, e sei que não foi pelo irmão do senhor Maths.

---

* O armistício de 11 de novembro de 1918 marca a rendição da Alemanha e o fim da Primeira Guerra Mundial, sendo um dia de homenagem aos soldados. (N. da T.)

O diário filmado de Bluebell Gadsby

Cena 12 (Transcrição)
Joss e Flora

NOITE. JARDIM, NOVAMENTE, VISTO DO TELHADO DO LADO DE FORA DA JANELA DO QUARTO DA CINEGRAFISTA (BLUE). NOITE NUBLADA. ÁRVORES SEM FOLHAS. O VOO OCASIONAL DE UM MORCEGO.

A câmera varre lentamente o muro e a treliça antes de parar na casa dos Bateman. Mais especificamente, na varanda do quarto do sótão, que é o quarto de Joss. O ângulo é difícil e a câmera só pode pegar uma vista lateral, mas, como as portas da varanda estão abertas, ela pega o som de Bob Marley cantando *One Love*. FLORA e JOSS aparecem, silhuetas contra a luz. Uma chama se acende. Uma ponta de cigarro brilha no escuro.

Joss abraça Flora, puxa-a para perto. Eles se beijam. Ela põe a cabeça em seu ombro. Finalmente ele apaga o cigarro e voltam para dentro.

Domingo, 13 de novembro

Hoje é o aniversário de Twig. Ele ganhou o saco de dormir que tinha pedido. Zoran lhe deu um canivete suíço, e eu dei o *SAS Survival Guide* (Guia de sobrevivência do Serviço Aéreo Especial Britânico). À tarde houve bolo com velinhas. Ontem à noite, mamãe, Twig e Jas foram para o Museu de História Natural, com seis meninos da turma do Twig. Na verdade eles me chamaram, mas eu não estava a fim; fiquei em casa com Zoran enquanto eles corriam em volta dos dinossauros e Flora estava na casa ao lado com Joss, enquanto seus avós foram ao teatro.

Não há mais nada a dizer.

Segunda-feira, 14 de novembro

Tentei fazer cara de doente quando desci para o café, mas os bebês tinham chegado antes, e ninguém nem percebeu. Estavam todos discutindo e pareciam exaustos porque ninguém tinha dormido nada na noite de sábado.

– Não é justo! – Twig estava furioso. – *Por que* temos de ir para a escola quando você está aqui? *Por quê?*

– Mas eu *não* estou aqui – gritou a mamãe. – Tenho de ir para o escritório! Tenho reuniões! Não estarei em casa, então por que vocês ficariam?

– Não esperamos que você fique em casa – Jas sussurrou. – Sabemos que você tem de trabalhar. Queremos ir para o escritório com você.

Suspirei e me debrucei sobre a minha tigela de cereal. Só Zoran percebeu, e revirou os olhos.

– Não posso levar vocês para o escritório, queridos – disse a mamãe. – As coisas não são assim.

– Então não vejo *nenhuma* razão para você voltar para casa – Jas falou. – Vamos, Twig. Vamos para a escola.

Os bebês saíram da cozinha, de nariz empinado.

– Esperem! – a mamãe tentou tomar o café depressa e acabou derramando na blusa. – Vocês não podem ir sozinhos! Queridos, esperem, tenho de trocar de blusa. Vocês não podem ir sozinhos, de jeito nenhum!

– Por favor, não fique longe de seu trabalho fascinante por nossa causa – Jas gritou da entrada.

Minha irmã de 8 anos estava se defendendo sozinha.

– Você não está doente, Blue – disse Zoran depois que todos saíram. – Seja qual for a música, você não pode continuar fingindo que não ouve.

– Na vida – respondi –, nem tudo é música.

– Seria bom se fosse – Zoran disse, mas eu já estava na porta, embora não fossem nem 8 h. Tenho ido mais cedo para evitar Joss e Flora, mas hoje, quando abri a porta, ele já estava encostado no muro do nosso jardim, à espera.

– Flora ainda não está pronta – avisei.

– Na verdade, eu estava esperando você.

Não consegui pensar em nada para dizer. Acho que corei. Posso ter dito "Ah". A única coisa que sei com certeza é que começamos a caminhar.

Juntos.

Eu e ele.

– Faz muito tempo que não conversamos – ele falou.

Consegui balbuciar alguma coisa sobre andar ocupada. Joss disse: – Só queria ter certeza, sabe, de que você não tem nada contra Flora e eu – e eu, meio rindo, respondi: – Ah, nada contra. Acho ótimo – e ele falou que era um alívio, porque realmente valorizava a nossa amizade e não queria que eu achasse que não podíamos ser amigos só porque ele estava saindo com a minha irmã mais velha.

Minha irmã mais velha e *maior*. Tentei parecer mais alta. Talvez tenha estufado o peito. Desejei estar vestindo algo mais interessante do que jeans e tênis Converse azul-marinho.

– Porque sempre vou estar pronto para ouvi-la, Blue. Você sabe. Todas as coisas que você me escreveu sobre sua

irmã e tudo mais. Conversei muito sobre isso com Flora... –
Joss conversou sobre mim com Flora?

– E quero que você saiba que a qualquer momento que queira conversar, quer dizer, sempre que achar que precisa...

– Não preciso... – murmurei.

– Como?

– Não falo sobre Iris com *ninguém*! – pensei que ia chorar de novo. – Não acredito que você falou com Flora sobre ela!

– Mas, Blue, não era nada que ela não soubesse! – Joss teve de começar a correr para me acompanhar. – Não sabia que você ia ficar assim!

– ERA PARTICULAR! – rugi.

Não suportei andar com ele depois disso. Continuei correndo na frente, e ele não me seguiu.

Quinta-feira, 17 de novembro

Dodi e eu estamos oficialmente reconciliadas, acho, em grande parte graças a Jake Lyall, o que só serve para mostrar a estranha reviravolta que minha vida deu, como a vovó diria.

Eu não falava com os meninos desde que me mostraram os desenhos dos *skates* deles, mas eles se lançaram sobre mim na hora do almoço, quando eu tentava sair de fininho para a biblioteca, como sempre, em vez de ir para a cantina.

– Você tem de comer – Jake falou.

Colin meneou a cabeça, concordando..

– SE VOCÊ NÃO COMER – Tom gritou –, VAI MORRER.

– Não estou COM FOME – falei com firmeza. – E tenho lição de casa para terminar.

Por volta das 14 h, minha barriga estava roncando. Jake deu uma de bonzinho e dividiu comigo uma barra de *Mars*. O senhor Maths confiscou.

Por volta das 15h30 eu estava roxa de fome. Jake fez Colin me dar o *Twix* que ele ia comer depois da aula.

– De todo modo, ele não gosta mesmo – disse.

– É verdade – Colin mentiu, quase babando.

– JAKE QUER QUE VOCÊ VÁ AO PARQUE CONOSCO – Tom trovejou.

Jake ficou supervermelho. – Fica iluminado até as 17 h – murmurou. – Achamos que poderíamos ensinar umas manobras para você.

– Manobras? – perguntei.

– NO *SKATE*! – Tom gritou.

– Ah, *legal* – gritou Dodi. Juro que ela apareceu assim do nada. – Posso ir?

O problema com Dodi é que as pessoas ainda ficam sem saber o que falar depois da história do xixi na sala, e, mesmo que ela saiba fingir muito bem que nem liga, conheço Dodi o suficiente para saber que ela se importa sim, *e muito*. Ela estava ali, toda bonitinha e simpática, de jaqueta azul, gorro prateado e seus longos cabelos louros, mas os meninos a olharam como se fosse um extraterrestre. Mas aí Colin corou um pouco e gaguejou: – Claro, quanto mais gente, melhor – e foi como se um feitiço se tivesse quebrado. Dodi sorriu, os meninos começaram a fazer bagunça e de repente eu estava sendo arrastada para o parque sem ter dito uma única vez que queria ir.

Nunca pensei em *skate* antes. Andar de *skate* é coisa de meninos como Tom, Jake e Colin, não tenho nenhum interesse. Mas hoje à tarde, no parque, aconteceu o mesmo que quando vi Zoran ao piano. Eles estavam diferentes. Não tanto Tom e Colin, mas Jake parecia outra pessoa. Quase sempre é muito difícil saber o que Jake está pensando, principalmente porque em geral ele está dormindo; então, foi uma grande surpresa vê-lo concentrado como louco ou com um sorriso estampado no rosto, e é engraçado como as pessoas parecem melhores quando estão felizes.

A primeira vez que fiquei de pé no *skate* de Jake tentei avançar meio mexendo o bumbum, gritei e caí.

Dodi ficou zangada e disse para os meninos não darem risada. Disse que eles eram péssimos professores e saltou para o *skate* de Jake, deslizando como um iate no Mediterrâneo. Foi realmente muito impressionante.

– Surreal – disse Jake. Todos olhavam para ela, e eu pude dizer que daquele jeito Dodi estava legal de novo. Ela voltou, pulou do *skate* e o jogou para cima com o pé de trás.

– Onde você aprendeu a andar de *skate* assim? – sussurrou Colin.

– Por aí – Dodi deu de ombros.

– Você me ensina – falei bruscamente, mas aí emendei um "por favor?".

Olhamos uma para a outra por um momento, como fizemos na saída da aula de Artes depois do incidente do rato, só que foi diferente também, e aí a Dodi sorriu, não o meio sorriso que geralmente ela me dá e ao qual já me habituei, mas um sorriso enorme, que punha à mostra seus dentes e o aparelho turquesa e a fazia parecer a antiga Dodi.

– Tudo bem, então – ela disse.

Os meninos ficaram em volta dos *skates* de Tom e Colin, e Dodi me mostrou como colocar os pés na prancha e me equilibrar. Mostrou como me mover, deslocando o peso, e a me proteger quando caísse, o que aconteceu muitas vezes. Ficamos até depois de escurecer e só fomos embora quando o guarda do parque chegou de carro e disse que ia fechar os portões. Agradeci a Dodi quando a deixamos no final da rua, e ela sorriu novamente, esfregou o nariz, como sempre faz quando está feliz e envergonhada ao mesmo tempo, e perguntou se eu queria ir para a escola com ela.

– Como a gente fazia – ela disse, e juro que senti Iris nos observando, e não quero dizer do céu ou de onde quer que seja, *quero dizer que ela estava bem ali com a gente*, apenas escondida nas sombras.

– Amanhã não – disse Dodi. – Tenho de ir cedo para o ensaio do coro, mas pode ser na segunda-feira.

– *Diga sim* – Iris sibilou.

– Vou adorar – falei, e era o que eu queria dizer. De verdade.

Quando cheguei, logo vi que Zoran estava preocupado comigo. Pensei que ia ficar zangado, mas ele apenas me olhou e disse: – Fiz um bolo de cereja e amêndoas. – Sentou-se comigo enquanto eu comia três fatias e bebia dois copos de leite. Contei-lhe sobre a aula de *skate*, e ele franziu a testa e perguntou se eu não deveria usar cotoveleiras, capacete e outras coisas.

– Sinceramente, Zoran – falei. – Você parece uma velha.

– Só estou fazendo meu trabalho – ele murmurou, mas estava sorrindo. – Suas bochechas estão cor-de-rosa – ele disse. – E seu nariz está muito vermelho.

– Desculpe ter me esquecido de mandar uma mensagem.

– Não faz mal – ele tirou meu prato e, quando passou, deu um beijo no topo da minha cabeça.

Sexta-feira, 18 de novembro

Flora está tentando nos impedir de assistir à sua peça.

Geralmente, Flora é do tipo que, quando estão cantando *Parabéns pra você* para ela, sempre manda cantar mais alto. Do tipo que pula gritando *eu! eu!* quando pedem voluntários no circo. No funeral do vovô, dizem que, como não estava recebendo bastante atenção, ela dançou na mesa da cozinha só com a roupa de baixo e um boá de plumas que encontrou no baú da vovó. Tudo bem, ela era uma menininha de 3 anos. Mas mesmo assim...

Flora é uma exibicionista. E quase implorar para não irmos vê-la numa peça é o oposto disso.

Foi assim a conversa ontem à noite:

FLORA
Não acho que seja adequada para crianças.

JAS
Mas são CONTOS DE FADAS!!!

TWIG
Além disso, não somos crianças. Quer dizer, somos. Mas **você** também é.

FLORA
Desculpe, mas **você** tem a metade da minha idade. E esses contos de fadas são sanguinolentos e extremamente perturbadores. Morrem montes de pessoas. No final, a Rainha Má tem de dançar com os chinelos em fogo até cair morta, a carne cheirando a queimado...

TWIG
Quantas pessoas?

JAS
Odeio quando as pessoas morrem.

TWIG
Mais do que em *Guerra e Paz*?

ZORAN
Muito menos do que em *Guerra e Paz*. Dei uma olhada no *site* do Players' e eles deixam bem

claro que o espetáculo de Natal é um entretenimento familiar. Sua irmã só está com pânico de palco.

FLORA
Não é nada disso.

JAS
SE MORRE GENTE EU NÃO VOU!

ZORAN
Twig e eu vamos com a Blue. Jas, se você não quiser ir, ninguém vai obrigar. Vamos arranjar uma babá.

FLORA
A babá é você.

E assim por diante. Acho que a discussão poderia durar para sempre, se o papai não tivesse chegado bem no meio dizendo: – É isso, vamos todos porque esta família está sempre unida, não é mesmo, pessoal?

Papai anda diferente. O cabelo dele está bem comprido, meio desgrenhado e quase completamente grisalho. Está usando óculos novos, de aro preto, como os jovens do Home Sweet Home, e até a mesma jaqueta velha de *tweed* não parece exatamente a mesma, talvez porque ele agora a use com jeans e tenha um iPhone. É extremamente desconcertante.

– Vocês vão detestar – Flora garantiu. – É uma produção completamente amadora. A música é terrível, a dança pior ainda.

– Mais uma razão para apoiar você – o papai disse.

Então Twig quis saber: – Os chinelos pegam fogo de verdade e ficam ensanguentados mesmo? – e Flora respondeu: – Sim, a Chapeuzinho Vermelho arranca o coração de João e Maria; e o Príncipe Encantado e a Branca de Neve assam os Três Porquinhos para comê-los no café da manhã de seu casamento.

E Jas perguntou: – Eles assam porquinhos de verdade no palco? – então Flora começou a gritar e subiu as escadas aos berros, dizendo que estávamos arruinando sua vida. O papai também subiu, mas não para falar com ela. Foi para o quarto dele e meia hora depois apareceu de *smoking* e com os cabelos penteados para trás. Ele nos abraçou dando boa noite e disse que tinha uma reunião, e que esperava poder explicar tudo em breve.

Coisas demais para uma família sempre unida. Eu gostaria de poder perguntar para a Flora o que ela acha de tudo isso.

Sábado, 19 de novembro

Foi assim que o dia de ontem terminou.

Papai saiu para sua reunião misteriosa, e Flora saiu pouco depois, dizendo que estava indo para a casa de Tamsin e não era para esperarmos por ela porque provavelmente passaria a noite lá. Não sei se Zoran acreditou, mas acho que está cansado de brigar com ela; então ele só deu de ombros e lhe disse que mandasse uma mensagem para ele saber o que tinha decidido.

Mamãe está em Praga, na Conferência Anual de Vendas da Bütylicious. Os bebês, Zoran e eu pedimos comida chinesa e vimos *Kung Fu Panda*, ideia que Zoran teve de fazermos uma noite temática, que funcionou surpreendentemente bem, considerando que Jas odeia comida chinesa, Zoran só gosta de filmes em língua estrangeira e Twig enfiou os dois pauzinhos no nariz. Fomos para a cama às 22h30. Flora não mandou mensagem nenhuma, e Zoran fingiu que não se importava. Deitei na cama e o ouvi andar de um lado para o outro, ligar a TV e depois só senti alguém me sacudir para que eu acordasse.

— Tem ladrão no jardim — Jas falou.

— Hã?

— Estão jogando pedrinhas na minha janela — ela me puxou pelo braço. Desisti de tentar dormir.

— Por que, afinal, os ladrões jogariam pedrinhas na sua janela?

— Para entrar! — Jas gritou.

— Não faz o menor sentido. A última vez que achamos que tinha ladrão, no fim era o Zoran.

— Venha ver.

Por causa da laje do meu quarto, não vejo a varanda que fica embaixo, mas a janela do quarto dos bebês dá diretamente para ela. Jas e eu atravessamos o quarto deles rastejando, para olhar.

— Não deixe que eles vejam você! — Jas sussurrou. — Podem atirar!

— Eles não vão atirar em mim — sussurrei.

— Como você sabe?

— Porque não são ladrões, sua idiota! — sussurrei um tom acima. — São Joss e Flora se comportando de maneira esquisita.

Espiamos lá fora, ainda escondidas. Joss e Flora pareciam muito estranhos. Estavam de pé nos degraus do jardim, na parte inferior do cano de esgoto que Joss costumava usar para chegar até a minha janela. Flora tentava subir, mas, várias vezes, assim que seus pés saíam do chão, ela escorregava de novo. Afinal ela desistiu e ficou lá, perto do cano, com as pernas cruzadas, como acontece quando ela ri tanto que fica com vontade de fazer xixi.

— Qual *é* o problema com ela? — Jas perguntou.

— Está bêbada — nós duas levamos um susto. Twig estava parado atrás de nós, olhando para Flora e Joss com seu binóculo. Tapei a boca de Jas com a mão, para ela não gritar.

— Mas Flora nunca bebe — ela disse, afastando a minha mão.

— Ela está se comportando exatamente como o papai a última vez que fomos à festa de Natal dos Bateman — disse Twig.

— Quando ele completou o ponche com garrafinhas de vodca.

— O papai fez isso?

Twig contou que o papai tinha ganhado as garrafinhas numa brincadeira de amigo-secreto no trabalho; ele não tinha ideia do que fazer com elas até chegar à festa dos Bateman e decidir que a causa era nobre.

— Ele dançou polca com a senhora Bateman — estremeci, lembrando.

— E agora Flora está dançando com Joss — Twig falou.

Olhamos pela janela de novo. Flora e Joss tinham desistido do cano de esgoto e dançavam valsa no gramado.

— Por que eles estão segurando a cabeça assim? — Jas perguntou.

— Estão dividindo o fone do iPod.

— Continuo não gostando do Joss por causa do que ele fez com os ratos — Jas disse. — Mas eles estão bonitos.

Flora girou o corpo lentamente e passou, graciosa, por baixo do braço erguido de Joss. Ela continuou girando no caminho de volta, até que ficou tonta e caiu nos braços dele, toda enroscada nos fios do iPod. Com os braços ao redor do pescoço de Joss, ela sussurrou alguma coisa no ouvido dele. Joss jogou a cabeça para trás, riu e nos viu ali, assistindo. Acenou para nós, e aí apontou para Flora e para a janela, como se estivesse dizendo *o que devo fazer?*

— Temos de ajudá-los — Jas falou.

— Temos? — perguntei.

— Temos, sim, Blue — Jas respondeu.

Então armamos um plano para resgatar Flora sem chamar a atenção de Zoran. Twig fingiria que tinha tido um pesadelo e levaria Zoran para a cozinha, para que ele lhe preparasse um leite quente. Enquanto isso, Jas e eu levaríamos Flora pela lateral da casa até a rua, entraríamos pela porta da frente e subiríamos até o quarto dela.

E teria dado certo, só que Flora ria tanto que esbarrou na mesa de cerejeira do patamar e quebrou a vasilha chinesa cheia de pétalas de rosa secas. Então Zoran chegou e tropeçou nela com o leite quente de Twig; depois o papai chegou, também bêbado, achou que aquilo era um jogo e tentou se juntar a nós, gritando: – É minha vez, é minha vez! – e contou até 50 para nos dar tempo de nos esconder.

E nos escondemos.

Cada um na sua cama.

Papai saiu hoje cedo. Precisava trabalhar. Zoran lhe disse que estava tudo muito bem, mas que estavam lhe devendo um dia de folga. Ele tinha falado com a mamãe, que talvez não tivesse passado a mensagem para o papai, e que ele lamentava mas precisava se dedicar um pouco ao seu trabalho, ou seja, à sua tese. Explicou que, no ritmo em que estava, teria sorte se a terminasse quando fizesse 30 anos. Então papai disse: – Claro, claro, você não deve mudar seus planos – mas ele também não podia ficar; então ele sorriu e disse que não tinha importância, porque Flora estava em casa e poderia cuidar dos pequenos.

– Flora? – repetimos todos.

– Ela tem 16 anos – o papai falou. – Em alguns países já estaria casada.

Ele saiu antes que qualquer um de nós pudesse responder.

– Fantástico – eu disse.

– Você sabe, Blue, em alguns países *você* poderia estar casada – Zoran disse.

– Tudo bem – retruquei. – Vou cuidar dos bebês. Não tenho mesmo nada para fazer...

– Diga à sua irmã para me telefonar quando acordar – Zoran falou.

Não tenho ideia da hora em que Flora acordou. Zoran me disse que não devíamos ir além do parque, então logo que ele saiu assaltei o pote do dinheiro das despesas, embrulhei os bebês em seus casacos e os levei ao Electric Cinema, onde estavam reprisando o primeiro *Piratas do Caribe*. Jake me mandou uma mensagem dizendo que estava entediado e querendo saber o que eu estava fazendo. Ele nos encontrou no cinema, e depois fomos ao Home Sweet Home, onde vimos Ash, Pretty e o namorado de Ash, que é coberto de tatuagens e ficou saindo com Pretty para exibi-la para pessoas que tinha conhecido andando na rua (e também para muitas que não conhecia).

Paramos no parque a caminho de casa. Tom e Colin estavam na rampa de *skate*, e um grupo de garotos mais velhos, que eu nunca tinha visto, fazia acrobacias incríveis, virando cambalhotas no ar e coisas como essas que a gente vê em filmes. Jake tentou, mas ele meio que caiu no meio da rotação. Tive pena, porque ele estava tentando não chorar, mas Twig e Jas morreram de rir e pediram para ele fazer de novo, o que o animou um pouco. A noite caía quando chegamos em casa, o papai estava dormindo. Flora e Zoran não estavam. Fiz chá e preparei torradas, aí me sentei com os bebês para assistir ao DVD de *Piratas do Caribe 2*, e foi agradável e tranquilo.

Acho que o papai não disse nada para Flora sobre a noite passada, mas Zoran fez um sermão. Eles voltaram enquanto estávamos assistindo ao filme e eu os ouvi na cozinha quando fui pegar mais torradas. Flora dizia *mas foi divertido!*, em tom de súplica, e Zoran disse algo completamente zoraniano sobre permanecer fiel a si mesmo e não se desviar do caminho verdadeiro, e aí os dois olharam para mim como se estivessem deixando claro que a conversa não era da minha conta. Então eu saí.

Segunda-feira, 21 de novembro

Hoje, no caminho para a escola, Dodi me disse que tinha acabado de ver Joss e Flora se beijando debaixo da ponte da via férrea.

– Eca – falei.

Dodi disse que acha bonitinho os dois juntos.

– O papai comprou um iPhone – contei para mudar de assunto. – Ele está de cabelo comprido e tem reuniões secretas de *smoking* nas noites de sexta-feira.

Perguntei o que ela achava que isso significava. Eu tinha esquecido que Dodi era capaz de tanta seriedade. Ela pensou um tempão e disse que, no ano passado, o pai tinha passado seis semanas num mosteiro em uma ilha grega, onde não permitem a entrada de mulheres, a não ser galinhas, e que sua mãe tinha chamado isso de crise da meia-idade.

– Não que galinhas sejam mesmo mulheres – acrescentou. – Mas precisam delas por conta dos ovos.

Fui para a biblioteca na hora do almoço. Sentei na poltrona bem do fundo, onde é tão escuro que quase não se vê nada, e fechei os olhos, porque estava me sentindo muito cansada e tentei fazer o que a vovó certa vez tinha me ensinado, imaginar minha vida exatamente como gostaria que fosse. Pensei: vou imaginar que Joss me ama. Não fiz isso antes porque parecia inútil e também um pouco triste, mas agora minha mente tinha suas próprias ideias. Em vez de me levar para um lugar feliz com Joss, ela me levou para Devon, com uns 5 anos e me escondendo perto da janela com Iris; com Twig, um bebê rechonchudo, dando seus primeiros passos ao encontro de Flora, que estendia os braços e ria, e Jas dormia numa cestinha. Parecia um devaneio inútil, já que eu poderia sonhar com o que quisesse, mas o papai sempre diz que não podemos controlar o funcionamento da mente. Quando voltei ele estava em casa, tomando chá e lendo jornal.

–Você está tendo uma crise de meia-idade? – perguntei.

Papai cuspiu o chá. Quero dizer que cuspiu mesmo. Espalhou chá por toda a mesa da cozinha.

– Então, está? – insisti.

– Não – respondeu. – Pelo menos, acho que não.

– Ótimo – retruquei. Contei a ele sobre o pai de Dodi e as galinhas gregas, e ele disse que isso não tinha nada que ver com ele.

– Embora eu ache que tenho sido um pouco enigmático ultimamente – acrescentou.

– Você tem sido uma porcaria, pai – falei. – E sinto sua falta.

Quando Zoran entrou na cozinha, papai estava me abraçando, parecendo preocupado, mas retribuiu meu sorriso e fez sinal perguntando se devia me deixar sozinha com o papai. Fiz que não.

– Prometo que logo vou explicar – papai gaguejou. – Em breve, tudo será revelado e vocês vão começar a saber muito mais de seu velho pai... *espero*. Mas o que posso fazer para compensar as coisas nesse meio-tempo?

Atrás dele, Zoran abriu a geladeira e suspirou. Meu cérebro quase explodiu com a inspiração.

– Um presente! – gritou papai. – Um livro? Um colar? Um vestido?

– Um piano – respondi.

– Certo – papai disse. – Por essa eu não esperava.

Por trás das costas do papai, Zoran sorriu.

Eu sorri também. O coitado do papai parecia perplexo.

Terça-feira, 22 de novembro

Às vezes, fico zangada quando penso em Joss, mas depois ele faz alguma coisa legal, e é quase pior.

Hoje cedo me distraí com o horário e tive de sair com eles. Joss estava esperando no portão. Ele sorriu para nós duas, aí passou o braço em torno de Flora. Ela chegou pertinho, olhando Joss nos olhos como se nunca fosse parar. Ele esfregou seu nariz no dela, beijou sua boca. Ela riu, e acariciou seu pescoço. Desviei o olhar e tentei não vomitar.

Obviamente, essa não foi a parte legal. A parte legal veio mais tarde, depois da discussão. Eu ia andando mais à frente, então não ouvi tudo, mas basicamente Joss acusava Flora de se comportar como uma prima-dona ao não deixar que os amigos dele assistissem ao espetáculo, provavelmente porque ela deseja impressioná-los e acha que isso não seria possível numa peça em que os personagens dos contos de fada favoritos da nação comem uns aos outros no café da manhã.

– Vai ser engraçado – Joss falou. – Vamos ver a peça, tomar umas cervejas, depois vamos a um bar. Só porque você não...

Flora lhe disse para calar a boca. Joss começou a rir e falou: – Bluebird, você acha que os meus amigos devem ir ao espetáculo da sua irmã, não é? – e eu respondi: – Claro que sim – e ele acrescentou: – Pronto, está vendo? Blue concorda comigo – e então passou o braço em volta de mim.

Durou três segundos e EU SEI que sou ridícula, mas aconteceu.

Foi quase um abraço.

– Prometa que vai dizer para eles não irem – Flora pediu.

Joss riu e a puxou para si. Foi como em um filme, onde a atriz diz *não, eu te odeio* e o mocinho diz *mas eu te amo muito* e atriz diz *oh, tudo bem, então*. Um nojo, mas Joss piscou para mim enquanto beijava Flora, e não pude deixar de sorrir para ele, com aquele seu ar tão malvado.

– Aqueles dois nunca param? – Dodi nos encontrou no farol e olhou para Flora e Joss, que estavam se beijando, encostados nas grades.

– Eles têm que beber saliva um do outro para se manterem vivos – tentei brincar. Dodi apertou os olhos.

– Ele é um idiota – ela declarou. – Jake é muito mais legal.

– Jake é um pouco jovem para Flora – falei.

– Não estava pensando em Flora – retrucou Dodi.

*

Cada um de nós tem razões diferentes para ir ao espetáculo de Natal. Twig está louco para ver os chinelos pegando fogo e Os Três Porquinhos. Zoran diz que sempre foi fascinado por contos de fadas, e Jas não quer ficar de fora. Papai diz que temos de ir, porque vai ser bom para nossa cultura geral, e a mamãe (que está em Buenos Aires) diz que temos de ir porque se trata de Flora. Até a vovó vem de Devon.

Eu só quero estar na mesma sala que Joss. É triste, eu sei, mas simplesmente não consigo evitar.

Quinta-feira, 24 de novembro

Não sei o que pensar.

Ou melhor, sei, mas não consigo acreditar. E não sei como me sinto a respeito. Eu tinha razão quando escrevi que alguma coisa estava acontecendo, mas nem em um milhão de anos teria imaginado a verdade.

Hoje depois da escola fui de novo ao parque, com Dodi e os meninos. Quando voltei, os bebês estavam sozinhos na sala, com as luzes apagadas, comendo batatas fritas e assistindo a *Crepúsculo*.

– Zoran colocou *Madagascar* – Jas falou. – Mas esse é muito melhor.

– Ele não vai se importar – Twig disse. – Não morreu nenhuma pessoa até agora.

– Onde *está* Zoran? – perguntei.

– Com Flora – Jas respondeu.

– Ela está chorando – Twig acrescentou. – Ela não queria falar com ele, mas Zoran disse que não ia embora até que ela contasse o que estava errado.

– Não é para sabermos – Jas falou.

Eu realmente não queria escutar. Simplesmente aconteceu, porque mesmo com a porta do quarto fechada, eu conseguia ouvir Flora lá dentro, soluçando. E então ouvi Zoran dizer coisas como aquelas na cozinha no domingo à noite, tipo "assumir a responsabilidade por suas ações" e "seria melhor abrir o jogo e contar a eles", e Flora chorava e dizia "por favor, não conte aos meus pais, por favor, não conte, por favor!" E então Zoran dizia, veemente, "vou matar aquele garoto com minhas próprias mãos", e Flora chorava mais baixo e dizia "não, Zoran, não fique zangado com ele, a culpa é minha".

Meu coração batia loucamente quando olhei pelo buraco da fechadura. Flora estava no pufe, Zoran sentado à mesa. Não podia ver seu rosto, mas o ouvi perguntar: – Como você está se sentindo? – e ela começou a chorar e disse: – Estou com tanto medo e sinto enjoo o tempo todo – e ela se jogou em seus braços, ele a abraçou, ela fungou e disse que ia ficar bem, e eu me afastei na ponta dos pés.

Mais tarde, quando perguntei, Zoran não contou nada, mas não sou burra. Vi *Juno** e li *Dear Nobody*** e tive cerca de uma centena de embaraçosas aulas de educação sexual na escola. Posso adivinhar por que ela está com medo e sentindo enjoo o tempo todo.

Flora está grávida.

Sexta-feira, 25 de novembro

Ainda não consigo acreditar.

Acho que Joss ainda não sabe. Hoje esperei de propósito para ir para a escola com eles, e ele não parecia tratá-la diferente do habitual. O mesmo braço pendurado ao redor dos ombros. O mesmo carinho. Uma senhora reclamou porque eles estavam se beijando na rua, e Joss apenas riu e mos-

----
* Filme de Jason Reitman, de 2007, que conta a história da gravidez inesperada de uma adolescente. (N. da T.)

** Literalmente *Querido ninguém*, romance de Berlie Doherty, de 1991, não traduzido para o português, que fala da gravidez não planejada de uma adolescente e seus efeitos sobre a menina e a família. (N. da T.)

trou-lhe o dedo pelas costas, o que não me parece um comportamento muito apropriado para um pai. Suponho que agora vamos estar ligados por laços de sangue, o que é muito romântico, de modo irremediável. Sinceramente não tenho ideia de como Flora conseguiu. As aulas de educação sexual começam praticamente no fundamental. O que não sabemos sobre a contracepção provavelmente não existe. E, claro, entendo por que adolescentes não devem ter filhos. Isso de abandonar a escola, as perspectivas arruinadas, e ficar gorda e enfrentar as filas da previdência social. Mas, ainda assim, um bebê! Isso é simplesmente... formidável, é importante *demais*.

Um bebê pode mudar *tudo*.

Eu poderia ajudar a cuidar dele. Poderia levá-lo ao parque e ao Home Sweet Home para conhecer Pretty. Se for menina, e espero que seja, poderíamos chamá-la de Poppy (papoula), ou Lily (lírio) ou... não, Iris, não. Mas um nome de flor, de qualquer maneira, e de verdade, não um nome bobo como Bluebell.

Um bebê agora seria perfeito.

Eu não devia ter dito nada, eu sei. Mas quando Dodi falou: – Tudo bem, então, abre o bico – na hora do almoço, não consegui evitar.

– Que bico? – perguntei.

– Você esteve completamente dispersa durante toda a manhã.

Eu não contei de verdade. Disse que tinha uma boa notícia, mas era segredo, e então expliquei que era um assunto de família, e então os meninos perderam o interesse, mas Dodi continuou fazendo perguntas, até que ela adivinhou e disse: – Ah, meu Deus! Flora está grávida – e os meninos ficaram dizendo "de jeito nenhum"; e foi muito bom as pessoas ficarem olhando para mim como se pela primeira vez eu tivesse algo interessante a dizer.

Eles juraram segredo, claro. *Sendo meus amigos*, acho que posso confiar neles. Espero que sim.

Ainda não consigo acreditar.

Sexta-feira, 2 de dezembro

Esta noite foi a estreia da peça de Flora.
Fomos todos, conforme havíamos prometido. Chegamos ao teatro muito cedo. Flora não gosta de ser interrompida antes de uma apresentação, mas vi Zoran escapulir para os bastidores e fui atrás com a câmera. Eu queria filmar o espetáculo, e também todos se preparando, se me deixassem. Adoro isso, a loucura das pessoas correndo meio vestidas, atores com o cabelo grudado na cabeça para receber as perucas, os potes de maquiagem pesada, assistentes vestidos de preto carregando coisas pra cá e pra lá. Meia hora antes de uma peça, parece completamente improvável que ela vá realmente acontecer.

Flora nem tinha começado a maquiagem. Encostada numa parede, parecia apavorada e agitava um punhal diante do corpo, enquanto ouvia Zoran.

– Não é o fim do mundo – Zoran dizia. – Sorria, tente se divertir! Depois pensamos o que dizer.

Subi sorrateiramente e fiquei perto de Zoran, mas Flora nem olhou para mim. Afastou-se da parede e disse que era melhor acabar de se arrumar, embora na verdade preferisse andar descalça sobre cacos de vidro no meio de uma nevasca feroz.

– Eu sei o que está acontecendo – soltei. Não consegui ficar calada. Ela estava muito triste.

– Sabe? – Flora estava apavorada.

– Acho *brilhante* – declarei, o que era apenas meia verdade. *Imenso* e *importantíssimo* são diferentes de *brilhante*, e, embora eu estivesse realmente empolgada, ainda não tenho certeza de que ter um bebê seja uma boa ideia para quem ainda está na escola. – Estou realmente muito, muito feliz – acrescentei, porque Flora me olhava como se não pudesse acreditar no que estava ouvindo.

– Sua desagradável – ela disparou, tomando a câmera das minhas mãos. – Eu deveria quebrar isso – ela rosnou. – Quebrar bem na sua cabeça!

— Chega! – gritou Zoran.

Flora olhou para mim. Tentei sustentar o olhar. Ela se virou para Zoran.

— Estou enjoada.

— Dê a câmera para Blue e vá embora!

Flora foi mesmo. – O que foi isso? – perguntou Zoran.

— O bebê – falei baixinho. Eu não conseguia olhar para ele e fingi que estava conferindo se Flora havia quebrado a câmera.

— Que bebê?

— Você sabe – murmurei, segurando a câmera perto do rosto. – O de Flora.

Pelo visor da máquina, vi Zoran ficar branco como uma folha de papel.

E de repente CJ, Sharky e Spudz, amigos de Joss, entraram gritando e tomando cerveja. Julian, que é casada com Craig, diretor dos Players, foi atrás deles, mandando que saíssem, mas o que se chama CJ arrotou bem na cara dela e desafiou: – Quero ver você me fazer sair.

Zoran estava atordoado e decidiu ele mesmo tentar achar Joss; e então Joss apareceu lindo, com a roupa preta dos assistentes de palco, e cumprimentou: – E aí, pessoal! – ele falou como se o fato de eles estarem ali fosse a melhor coisa do mundo, e estavam todos no clima de "viemos para ver o seu espetáculo e sua nova namorada"; CJ arrotou de novo, e todos se abraçaram e trocaram socos. Logo em seguida Flora apareceu e gritou: – Não, você tinha prometido! – e os rapazes passaram ao clima: "ah, aí está a madame" e "que cabelo é esse?" Joss teve de correr atrás de Flora, que saiu furiosa, e Julian nos mandou procurar nossos assentos *imediatamente*.

— Como assim, o bebê de Flora? – Zoran perguntou quando nos dirigíamos à plateia. – Pelo amor de Deus, guarde essa câmera.

— Ouvi quando ela falou com você – baixei a câmera. Filmar enquanto se caminha por uma sala lotada é mais difícil do que parece.

– O *quê*? Quando? Espere, seus pais estão ali. Falamos quando estivermos sentados.

Tivemos de nos espremer contra os joelhos das pessoas para chegar aos nossos lugares, e nos espremer de novo porque estávamos na fileira errada, além de ainda perturbar todos da fileira de trás para trocar de lugar para que Jas e Twig enxergassem o palco sem ter de desviar das cabeças à sua frente. Zoran e eu nos sentamos nas últimas cadeiras da fileira. Os amigos de Joss estavam um pouco atrás de nós.

– E então? – perguntou Zoran.

Bem mais abaixo, estavam o papai, a mamãe e a vovó lendo o programa, com olhar perplexo.

– No quarto dela. Na última quinta-feira. Ela estava chorando.

– Ah – disse Zoran.

– Não estou entendendo! – disse o papai.

As luzes se apagaram.

– Ele está falando de quê? – perguntei a Zoran.

– Shhh! – reclamou uma senhora atrás de nós.

– Você logo vai saber.

– E o que você quis dizer com "ah"?

– Você também vai saber.

– Ei, fiquem quietos! – sussurrou a senhora. – Minha neta vai cantar agora!

O espetáculo de Natal dos Clarendon Players segue praticamente o mesmo modelo todo ano. A cortina subiu. Um coro de crianças do fundamental, vestidas de camponeses, celebrou o aniversário da Branca de Neve. A Rainha Má apareceu, seguida por uma menina de casaco vermelho que carregava uma faca – a Chapeuzinho Vermelho, que faria O Caçador. Os Três Porquinhos entraram no palco cantando e empurrando um espelho. Twig, Jas e todos com menos de 11 anos ficaram encantados.

Zoran parecia desconcertado.

Três fileiras atrás de nós, os amigos de Joss começaram a roncar. A mesma senhora que havia reclamado de nós assobiou para ficarem quietos. Um deles arrotou para ela.

E então a própria Branca de Neve entrou em cena.

Entendi por que Flora gostava dela. Branca de Neve geralmente é uma garota sem graça, mas não aquela. Craig tinha baseado a interpretação na versão de 1920, e aquela Branca de Neve não perdia tempo sonhando acordada com pássaros, esquilos e filhotes de veado. Ela experimentava maquiagem e roupas, aprontando-se para a festa, e caminhava pelo palco de modo afetado, calçando o salto agulha da Rainha Má, provocando o riso de todos. Ela iluminava o palco, de fato.

Só que ela não era Flora.

Flora apareceu pouco antes do intervalo, com roupa de um dos Sete Anões.

*

A mamãe e o papai ficaram em seus lugares até o intervalo, mas assim que as luzes se acenderam eles se levantaram para ir até os bastidores.

— Acho que não é uma boa ideia – disse Zoran. Ele se pôs na frente deles. Ele é tão magro e eles estavam tão determinados que tive certeza de que iam empurrá-lo para passar. Mas Zoran recitou seu mantra "faça o que eu digo", e eles, sabe-se lá por que, obedeceram.

— Aconteceu alguma coisa! – gritou a Mamãe. – Ela deve estar passando mal!

— Ela não está passando mal – disse Zoran.

— Deve ter havido algum engano – gritou o papai. – Tenho certeza de que a Flora disse que ia representar a Branca de Neve.

— Não houve engano nenhum – Zoran suspirou.

Flora tinha sido dispensada por ter faltado a muitos ensaios.

Zoran explicou que Craig ia cortá-la do espetáculo, mas, como um dos Sete Anões quebrou o pé, Flora ficou com o papel dele. E Joss não foi dispensado porque na verdade nunca deixou de cumprir suas obrigações.

Zoran disse tudo isso olhando para a frente, como se não conseguisse enfrentar o olhar do papai e da mamãe. Todos nós observamos com interesse o papai, tão hábil com as palavras, tentando dizer alguma coisa, sem conseguir.

– Mas você devia ter percebido! – gritou a mamãe.

– Ela saía quase todas as noites, mas talvez não fosse necessariamente... para ir aos ensaios.

E então o mundo desabou, a mamãe disparando uma torrente de "como isso pôde acontecer" e "como foi que você não percebeu", e o papai em silêncio, até que a mamãe lhe deu uma cotovelada, e ele disse: – Estamos muito decepcionados com você, Zoran, porque ela ficava sob sua responsabilidade, enquanto estávamos longe – e Zoran retrucou: – Com o devido respeito, ela não é minha filha, e talvez, com tantas viagens, vocês tenham esquecido como é difícil lidar com quatro crianças, especialmente quando uma delas é uma adolescente cheia de vontades – e o papai quis saber: – Quem você está dizendo que é cheio de vontades? – e a mamãe disse: – Bem, se você pensa assim, talvez seja melhor reconsiderar nosso acordo – e Zoran respondeu: – Tudo bem, assim que vocês acharem outro pobre coitado disposto a servir de cozinheiro, babá e pai substituto, eu vou embora – então Jas reclamou: – NÃOOOOOOO – e a mamãe disse: – Pelo amor de Deus, Blue, será que você pode trazer um sorvete ou algo assim para eles? – mas era tarde demais, o intervalo já tinha acabado.

– Ela não está grávida – eu disse a Zoran quando voltamos aos nossos lugares. Na mesma hora me senti aliviada mas, ao mesmo tempo, me senti uma idiota e também muito, muito triste.

– Agradeçamos a Deus as pequenas misericórdias, não é? – Zoran tentou sorrir, mas não consegui retribuir.

Sem ser maldosa, tenho de dizer que Flora não ficou bem de short de couro e chapéu pontudo, mas ela realmente fez o melhor possível como anão. Quem não a conhecesse e não soubesse como era importante para ela fazer a Branca de Neve certamente não teria percebido como estava infeliz. Provavelmente, ia parecer que ela era daquele jeito mesmo. E não foi bom suas roupas serem tão pequenas, principalmente na hora do charleston.

Ah, o charleston.

A festa de casamento de Branca de Neve.

A Rainha Má dançou, conforme o anunciado, com os chinelos em chamas (embora não houvesse cheiro de carne queimada).

A Branca de Neve dançou uma valsa nos braços de seu príncipe.

A Chapeuzinho Vermelho apareceu enrolada numa pele de lobo. Os Três Porquinhos, no fim das contas, não foram assados para a festa. João e Maria trouxeram pão de especiarias, seus corações ainda batiam no peito.

Os Sete Anões dançaram o charleston.

Devia ser proibido dançar o charleston vestindo shorts de couro apertados. Ainda mais quando a dança termina com os bailarinos com o bumbum virado para o público. Nem quando existe a possibilidade de o short rasgar.

Ainda mais quando os shorts são tão apertados que não dá nem para usar uma calcinha.

*

– Bem, foi diferente – disse a vovó. – Preciso vir a Londres com mais frequência. É bem diferente de Devon.

Mamãe e papai foram aos bastidores depois do espetáculo para encontrar Flora e também para pedir desculpas a Craig. Esperamos por eles na entrada do teatro. É de espantar a quantidade de gente da escola que havia na plateia.

Só vi a menina no final, quando quase todos já tinham saído. Encontrei uma fotografia dela na página do Joss no Facebook. Ela é inconfundível: tem o cabelo bem preto e curto, os olhos verdes, e usa um exagero de batom vermelho. Na foto ela está rindo ao lado de outra garota, superbonita e delicada, mas Trudi (é o nome dela) é a imagem da sofisticação. Ela estava encostada na parede perto da bilheteria, com um casaco de pele de leopardo cor-de-rosa, e só consegui pensar que, em comparação com ela, todo o mundo parecia sem graça.

Flora e Joss só apareceram depois que o último espectador saiu do teatro. Ela estava chorando e ele a abraçava, tentando não rir.

— Nunca mais vou ter cara para aparecer em público novamente — Flora choramingava. — Minha carreira acabou.

Joss começou a dizer *ei, que exagero, você estava fantástica*, mas, em seguida, Trudi se desencostou da parede e foi andando na direção deles, Flora perguntou *quem é essa* e Joss ficou completamente confuso.

— O que você está fazendo aqui? — ele perguntou.

— Temos de conversar — disse Trudi.

— Certo — disse Joss.

Joss lançou para a garota um olhar vazio, de quem não sabe o que fazer. Flora se agarrou ao braço dele, mas ele disse que tinha de ir.

— Depois eu explico — e Joss saiu com Trudi. Flora gritou para ele não ir, mas Joss não olhou para trás.

Sábado, 3 de dezembro

Fora da câmera, não há limites. Há você e a pessoa com quem você está, a sala onde você está, e fora da sala há a rua, e além da rua há a cidade, e além da cidade o campo, e então há o mar, e mais terra, África ou Europa ou América, e há mais cidades, prados, montanhas e carros, todos os lugares, as pessoas que você não conhece mas que existem mesmo assim. Dentro da câmera o mundo é limitado ao que você pode ver pelo visor. Se você não gostar, pode mudar. Ou desligá-la com apenas um clique. Você diz "até logo, mundo, hora de ir embora". É como morrer, mas não tão definitivo.

Por isso gosto tanto da minha câmera.

Domingo, 4 de dezembro: de manhã cedinho

Hoje não vou sair do quarto. Também ontem quase não saí.

É difícil saber com quem a mamãe e o papai estão mais zangados. No início, eles gritaram com Zoran, mas Flora o defendeu e gritou que pelo menos Zoran estava *aqui*, ao contrário deles; então meus pais começaram a falar de confiança e responsabilidade e disseram que Flora não tem ideia de como tudo é difícil para eles. A mamãe começou a gritar que esta família está se acabando e que o papai devia fazer algo a respeito, e o papai disse que Flora não tinha mais permissão para encenar a peça e que Craig tinha encontrado outro ano para substituí-la. Ao ver como ela ficou aliviada, ele confiscou seu telefone e disse que ela estava de castigo.

E eles continuaram, desviando do assunto.

Vovó foi embora na hora do lanche. Flora foi para o quarto para abrir seus emails (ela disse ao papai e à mamãe que eles não podiam proibi-la de usar o *laptop*, porque precisa dele para a escola) e descobriu que os amigos de Joss tinham filmado com os celulares a sua Dança Fatal, como Twig a chamou, e postado no YouTube.

Mais lágrimas. Mais birra. Mais *desviar do assunto*.

Assim que terminei de jantar, fui para o quarto. Sentei ao lado da janela. Não filmei, não pensei, não olhei as estrelas.

Só sentei, literalmente, e nem fiquei surpresa quando Joss bateu no vidro.

Abri a janela.

– Obrigado, Bluebird. Posso entrar? Está muito frio aqui fora.

Não o deixei entrar. – O que está fazendo aqui? – perguntei.

– Flora não está respondendo às minhas mensagens.

– A mamãe e o papai tomaram o telefone dela.

– Não foi legal da parte deles.

– Flora viu o vídeo no YouTube – eu disse. – Falou que nunca vai perdoar você.

– Vai perdoar, sim – ele estava todo animado.
– Quem é Trudi? – perguntei.
– Trudi – ele respondeu – é coisa do passado.
– Ela não estava com cara de coisa do passado – eu disse. Joss disse que não importava, que ela tinha ido embora e ele queria ver Flora, que era para eu fazer o favor de chamá-la, e eu disse *não*.

Tentei fechar a janela, mas ele agarrou meu punho.
– O que é isso, Blue? – ele sorriu. – Não quer nos ajudar?

Tentei rir. Acho que queria mostrar que estava pouco ligando para ele e para Flora, mas minha risada de *não importa* soou mais como um soluço.
– Blue?
– Não é nada.
– Blue, olhe para mim.

Olhei porque não tive escolha. Ele segurou meu queixo e forçou minha cabeça até nossos olhos se encontrarem, e ele certamente viu os meus cheios de lágrimas.
– O que aconteceu? – ele perguntou.
– É que ontem foi 3 de dezembro – falei.

Ele deve ter adivinhado do que eu estava falando. Eu nunca tinha dito *quando*, mas ele deve ter imaginado. O Joss de antes teria. Virei a cabeça para que meu rosto encostasse na mão dele e fechei os olhos.
– O que está acontecendo, Bluebird?

Não respondi. Ele suspirou. Baixinho, mas ouvi.
– Preciso falar com Flora, de verdade – ele sussurrou.

Fiz que não. Não fiquei olhando quando ele foi embora.

*

Dodi atendeu o telefone ao primeiro toque.
– Estou com saudade dela – disse Dodi, antes mesmo de eu falar. – Sinto muita falta dela.

Ontem fez três anos que Iris deixou nossa casa, sozinha.

Eu estava lendo O *Hobbit* e não queria parar. Dodi estava em casa assistindo às semifinais de *The X Factor*. Chovia e fazia frio e Iris tinha ficado sabendo que, apesar de ser inverno e não ser época de dar cria, uma raposa tinha dado à luz debaixo do velho galpão numa parte do parque aonde era proibido o acesso. Ela resolveu que tínhamos de resgatar os filhotes *naquela hora*.

– Está tão frio! – ela argumentou. – Eles são tão pequenininhos!

– A mãe vai nos morder – eu disse. – Não temos a menor ideia de como se cuida de filhote de raposa, o parque fica trancado, está chovendo e estou num trecho ótimo do meu livro.

– É A SEMIFINAL!! – Dodi alegou quando Iris lhe telefonou. – E, além do mais, você sabe o que eu sinto por animais selvagens.

Iris detestava ler, quase tanto quanto detestava *The X Factor*. Ela adorava animais e estava sempre apressada. Nunca olhava aonde pisava.

Éramos quase suas cúmplices no crime, fiéis escudeiras, tínhamos de tomar conta dela. A caminhonete da floricultura a pegou exatamente entre as duas casas, perto da entrada do parque.

O motorista estava distraído.

– Desculpe – Dodi soluçou ao telefone na noite passada. Detesto essa porcaria de Hobbits.

O diário filmado de Bluebell Gadsby

Cena 13 (Transcrição)
Porta

DIA. QUARTO DE BLUE.

A câmera focaliza a janela, que está meio aberta. As cortinas esvoaçam. O céu tem um tom cinza pálido característico do inverno londrino. A porta range e FLORA entra na sala na ponta dos pés. Leva o dedo aos lábios, abre a janela e escorrega para a laje. A CINEGRAFISTA (BLUE) suspira e vira. A câmera capta pés num par de chinelos em forma de monstro, um pedaço de edredom listrado, roupas espalhadas pelo chão. A cinegrafista suspira novamente e desliza para o chão. A câmera focaliza na porta e não se move.

Minutos se passam, talvez horas. Finalmente a porta se abre e ZORAN entra.

Domingo, 4 de dezembro (Cont.)

– Seus pais foram para o parque com Jas e Twig – disse Zoran. – Pensaram que você estivesse dormindo. Onde está Flora?

Apontei para a janela. – Ela saiu. Há horas. Para encontrar o Joss.

Zoran suspirou, com ar desanimado.

– Fez três anos na noite passada. Minha irmã gêmea, Iris, foi atropelada por uma caminhonete.

Zoran sentou-se ao meu lado, no chão.

– Ninguém disse uma palavra – sussurrei. – Estavam todos muito ocupados gritando com Flora por causa daquela peça idiota, e *não falaram nada*.

Zoran segurou minha mão.

– Joss Bateman – eu disse, depois de um instante – não é tão legal quanto eu pensei – e Zoran disse que raramente as pessoas são.

– Acabei de me dar conta – eu disse.

– Eu bem que queria ter conhecido sua irmã – disse Zoran, e eu quis dizer "Eu também gostaria que você a tivesse conhecido", mas eu não conseguia falar porque minha garganta doía. Zoran apertou minha mão com mais força.

– Eu tenho uma irmã – ele disse. – Mas eu nunca a vejo.

– Por quê?

– Não contei da minha família? – Zoran perguntou. Eu disse que não, ele falou que era uma história triste; e eu disse que tudo bem, hoje era dia de histórias tristes.

Então Zoran me contou que, quando ele tinha 6 anos, seus pais percorreram o país, que estava em guerra, desde a cidade em que viviam até o litoral, onde puseram Zoran e a irmã num barco.

– Para a Inglaterra? Lá da Bósnia?

– Para a Itália, e depois tomamos um trem. Tivemos sorte, tínhamos passaportes e algum dinheiro e o endereço de Alina, em Putney, para dar a quem nos perguntasse. Minha irmã é mais velha do que eu, ela falava um pouco de inglês.

— Por que seus pais não vieram também?

— Eles queriam, mas não havia lugar no barco, ou talvez não tivessem dinheiro suficiente para pagar pela travessia deles também. Disseram que viriam nos encontrar. Na época a história era essa. Olhando para trás, acho que eles sempre souberam que ficaríamos sozinhos.

Vi a imagem de um Zoran menino, chorando, num barco velho e mal cuidado, com os deques cheios de gente tentando ter uma última visão de seus entes queridos no cais, e Zoran, com 6 anos, acenando para a mãe e a irmã mais velha segurando sua mão. Na minha cabeça, o céu estava azul e o sol quente, e gaivotas voavam em círculo sobre o barco. O barco partiu, todos choravam, as pessoas no cais iam ficando cada vez menores, inclusive a mãe das duas crianças que, apesar do coração partido em um milhão de pedacinhos, também acenava e sorria.

— Você nunca mais viu sua mãe — eu disse.

— Não — disse Zoran. — Nunca mais.

— Como é que eles morreram?

— Não sei.

— E sua irmã?

— Ela voltou depois da guerra. Casou-se com um bósnio, eles têm dois filhos e ela trabalha como enfermeira pediátrica. Sempre soube cuidar bem das pessoas. Ela não gosta de vir à Inglaterra, porque lhe traz a lembrança de quando deixamos nossos pais. E eu não gosto de ir à Bósnia pela mesma razão. Às vezes nos encontramos em Paris.

Ficamos ali, sem dizer mais nada; fiquei pensando nos pais dele que tinham feito o que achavam certo para os filhos, na irmã que ajudava as crianças doentes, e então pensei em Iris.

— Blue, tenho a impressão de que você está perdida — Zoran disse depois de um tempo. — E, mesmo assim, você não quer ser encontrada.

Zoran e seus comentários enigmáticos.

— Você deveria ir vê-la — eu disse. — Sua irmã.

– Talvez eu vá em breve.
– Qual é o nome dela? – perguntei.
– Lena – ele disse. – O nome da minha irmã é Lena.
Eu comecei a chorar. Zoran me abraçou.
Ficamos ali um tempão sem falar, e as lágrimas continuavam correndo, e juntos observamos a luz lá fora passar de cinza para azul, depois para preto.

O diário filmado de Bluebell Gadsby

Cena 14 (Transcrição)
A palestra

NOITE. SALA DE ESTAR DOS GADSBY.

Todo o clã Gadsby está na sala. As cortinas azuis, com seu bordado inacabado, estão puxadas. Na lareira, o carvão queima. FLORA está sentada ereta e imóvel na cadeira baixa de veludo verde. JAS e TWIG se espremem no sofá; ZORAN, ao lado deles, parece infeliz. A MAMÃE e o PAPAI estão em pé, um ao lado do outro, no tapete em frente à lareira. Os olhos da mamãe estão vermelhos. O papai não está à vontade.

>PAI
>(em tom de discurso)
>Blue, é melhor você não filmar agora.
>(a imagem oscila, quando a CINEGRAFISTA dá de ombros)

MÃE
(falando baixinho e rápido, olhando
para o fogo)
Tem sido difícil para todos nós. Não estamos
zangados e seu pai e eu queremos que saibam
que amamos muito vocês e que detestamos ficar
tanto tempo longe de casa.

FLORA
Então não fiquem. Ninguém está obrigando vocês.

MÃE
(ignorando Flora)
O vexame da sexta-feira à noite nos fez
perceber que as coisas estão saindo do
controle. Isso não pode continuar. Precisamos
de algumas regras básicas.

PAI
(claramente recitando uma lista que eles
prepararam previamente)
Twig e Jas: não saírem correndo para a escola
sozinhos; Blue: nada de *skate* no parque à
noite. Zoran deve saber onde todos estão, a
qualquer hora. Flora: não sair por aí com o
menino da casa ao lado.

FLORA
Ah, pelo amor de Deus.

MÃE
Ele é claramente uma má influência.

PAI
(obstinadamente)
Esta família vai aprender a se comportar de novo como uma família conforme convém! Isso significa fazer as refeições juntos! Ir para a escola juntos! Um ajudar o outro!

JAS
(esperançoso)
Isso quer dizer que vocês vão voltar a morar em casa?

FLORA
(maldosa)
Ou vocês esperam fazer cumprir essas regras por Skype?
(a mãe parece que vai chorar)

PAI
Zoran vai ficar aqui para fazer vocês se comportarem.

ZORAN
Na verdade ontem o senhor me demitiu.

JAS
NÃOOOOOOOOOOOO!

MÃE
Caro Zoran, sobre esse assunto...

(A campainha toca. A mãe corre para atender.)

PAI
Quem pode ser? Num domingo à noite?
(a mãe volta, perplexa)

MÃE
Parece que você encomendou um piano!

O diário filmado de Bluebell Gadsby

Cena 15 (Transcrição)
O piano

FIM DA TARDE.

Ainda na sala, que agora está uma bagunça de móveis desencostados da parede para dar espaço para um piano vertical, do tipo antigo com castiçais e com teclas tão velhas que não são brancas, mas amarelas; está no lugar que era do sofá.

A família GADSBY, mais ZORAN, menos BLUE que está segurando a câmera, aglomeram-se em torno do piano, em graus diversos de incredulidade.

> MÃE
> Alguém me diga novamente por quê...

> PAI
> É uma surpresa para Blue! Ela queria um piano! Eu esqueci!!!

FLORA
Blue? Um piano? Desde quando?

JAS
Eu sempre *quis* tocar piano!

FLORA
Na verdade, agora que estou pensando nisso, também gosto bastante de tocar.

MÃE
Mas quem vai ensinar? Não tenho tempo para encontrar um professor de piano!

CINEGRAFISTA (BLUE)
Zoran vai me ensinar.

FLORA, PAI, MÃE
Zoran?

CINEGRAFISTA (BLUE)
Mostre para eles, Zoran.

Zoran, tímido, aproxima-se do piano, sabendo que todos o observam. A mãe e o pai estão perplexos, Jas e Twig empolgados, Flora sarcástica.

ZORAN
Beethoven. *Sonata ao luar.*

Ele toca. A mãe e o pai caem sentados no sofá e olham estarrecidos. Os bebês ficam de queixo caído. Flora começa a sorrir. Zoran toca então alguma coisa de Chopin, passa pelos Beatles (inevitavelmente *Hey Jude*) e empolga com uma versão autoral de *Banana Pancakes*, de Jack Johnson, a canção favorita dos bebês no momento. Ele canta. Eles também. Até Flora acompanha. O pai e a mãe começam a sorrir. O pai abre os braços e a mãe se acomoda neles com uma relutância fingida... Ele a aconchega e beija sua testa. Ela desvia o olhar, que brilha desconfiado, mas se aproxima dele. Seu pé direito começa a bater no ritmo da música e ela começa a cantar.

Segunda-feira, 5 de dezembro

Zoran entende. Como é que a minha família não entende?

Ontem à noite deixei todos cantando e vim para meu quarto para ter um pouco de sossego. Deitada na cama, usei a câmera para focalizar as estrelas fosforescentes no teto. No início elas me assustavam, mas Iris as adorava, então trouxe as estrelas quando mudei. Lá embaixo, voltaram aos Beatles; Zoran caprichava em *All You Need Is Love* e todos acompavam, até a mamãe e o papai; pensei: será que eles só precisam disso para esquecer? Um piano aparece, e eles se transformam na família Von Trapp?

Mamãe subiu. Corada de tanto cantar, mas com uma expressão séria e trazendo uma caneca de chá.

– Também trouxe uns biscoitos de chocolate para você.

Colocou a caneca e os biscoitos na mesa de cabeceira. Eu filmava o teto, esperando que ela fosse embora, mas ela ficou na janela observando a chuva.

– Você estava cantando – eu disse, finalmente. – Ontem foi dia 3 de dezembro e você não disse nada, e hoje você estava *cantando*.

Ela se afastou da janela. Eu continuei filmando o teto.

– Olhe para mim, Blue – ela falou baixinho. – Olhe para mim *de verdade*, sem se esconder atrás da câmera. Olhe para mim e diga que não dói em mim, todos os dias, tanto quanto dói em você.

– Você estava cantando – repeti, sempre filmando o teto. – Queria que você saísse daqui.

Ela ia saindo e parou na porta.

– A felicidade é uma escolha, Blue – ela disse. – Às vezes é a escolha mais difícil que temos de fazer.

Quando a mamãe saiu, peguei a caneca de chá. Estava exatamente como eu gosto, quente, com bastante leite e açúcar.

Exatamente como Iris gostava.

Bebi tudo, até a última gota.

Então joguei a caneca contra a parede, e ela quebrou.

Estava pouco ligando para as novas regras idiotas dos meus pais. Hoje, quando cheguei à escola, fui direto falar com Jake para pedir que ele me ensinasse a andar de *skate*.

— Do jeito certo — eu disse. — Hoje à noite. Depois da escola.

— Huh, Huh! — Tom disse. — Estou a postos.

— Você, não — sibilei. — Só ele. E vou precisar do seu *skate*.

— DUAS VEZES HUH, HUH! — disse Tom.

Com um olhar, Jake e eu o fizemos se calar.

Esta noite foi completamente diferente. Geralmente, quando andamos juntos, os meninos brincam e fazem bagunça, e eu fico quieta. Chegamos ao parque e ele perguntou, bem baixinho, o que eu queria fazer.

— Quero aprender a voar.

— Certo — disse Jake.

Fiquei no meio do parque, olhando as rampas. Fui na direção de uma delas, tentando alcançar velocidade para subir, e deslizei de novo para trás, até embaixo.

— Não é assim — disse Jake. — Olhe para mim.

Ele me mostrou como fazer um movimento de balanço que permite subir cada vez mais, pegando cada vez mais velocidade. Caí, mas, antes que ele perguntasse se eu tinha me machucado, estava de novo no *skate*. Para trás e para a frente, cada vez mais alto, caindo, me machucando, levantando, quase até escurecer. Fiquei toda cheia de manchas roxas, mas consegui chegar ao alto de cada rampa, descer e subir, depois para o outro lado. No começo eu estava com frio, mas cada vez que eu caía parecia que me livrava de uma camada de roupa; e a cada nova tentativa me sentia mais leve, os cabelos voando, o rosto fustigado pelo vento da noite.

Jake disse que estava na hora de fazer uma pausa. Sentamos apoiados na rampa e dividimos um *Snickers* que ele tirou da bolsa.

— Iris teria adorado andar de *skate* — eu disse. — Na verdade, me admira que não tenha tentado.

— É por isso que você quer aprender agora? – ele perguntou, sem olhar para mim; olhava direto para a rampa em frente.

— A mamãe diz que a felicidade é uma escolha. E Zoran diz que eu estou perdida, mas não quero ser encontrada.

— Mas você está aqui agora – disse Jake.

Nossos pés estavam quase se tocando. Eu pulei e peguei meu *skate*.

— Vou tentar fazer o *flip* – eu disse.

— Acho que você não está preparada – ele falou, mas eu já estava longe.

Jake estava errado, eu estava preparada. Tinha passado a tarde toda para cima e para baixo naquelas rampas, cada vez mais depressa, mas dessa vez voei lá do alto. Literalmente. Não durou muito, mas houve um momento, que pareceu durar para sempre, em que o *skate* saiu do chão e eu flutuei, consegui girar, e a prancha bateu no chão com um sacolejo que refletiu direto na minha coluna; deslizei pela rampa até embaixo, apoiada no bumbum, e cheguei com um tranco, toda dolorida, e rindo. Ri até sentir cãibra na barriga e fiquei com os olhos lacrimejando, sem saber se estava rindo ou chorando.

Quando finalmente parei, Jake estava ao meu lado.

— Foi brilhante – ele estendeu a mão para me ajudar e sorriu. – Foi absolutamente brilhante.

Por um momento, ali de pé, no escuro, com o vento batendo nas árvores e todo o parque só para nós, um olhou para o outro como se nunca nos tivéssemos visto.

— Brilhante – repetiu Jake. E então saímos do parque, carregando nossos *skates*.

Quinta-feira, 8 de dezembro

A mamãe e o papai passaram a semana inteira fora, e, apesar das novas regras, Zoran nem tenta proibir Flora de ver Joss.

Talvez porque, neste momento, ela seja a única pessoa feliz dentro de casa. No domingo, quando voltou, ela passou pela minha janela cantando. Parece que Trudi não é, como todos nós pensamos, nem namorada nem ex-namorada de Joss, mas a melhor amiga de uma menina chamada Kiera, com quem ele saía em Guildford. (Kiera é a a outra garota na foto na página do Facebook dele, a que é bonitinha e delicada.) Ele terminou tudo quando saiu de Guildford, e ela mandou Trudi procurá-lo em Londres para dizer que queria voltar, mas Joss disse que não, porque gosta de Flora. Além disso, ele concordou que seus amigos tinham sido inconvenientes, gritou com eles por telefone e ameaçou acabar a amizade se não tirassem o vídeo do ar.

Hoje cheguei da escola e encontrei Jas e Twig na cozinha, falando com o papai pelo Skype.

— Eu *não* gostaria de viver num castelo medieval — Jas estava dizendo. — Castelos medievais são cheios de corrente de ar, decadentes.

— Bem, naturalmente, *agora* eles estão destruídos — papai disse. É sempre muito engraçado ver o papai no Skype. Ele fica perto demais da tela e parece um extraterrestre. — Nos tempos medievais, eles eram bem diferentes. Twig?

— Vai depender do castelo — Twig não estava prestando atenção, porque tentava fazer seu dever de ciências e falar com o papai ao mesmo tempo. Twig recebeu tantas advertências na caderneta da escola por atraso na entrega das lições de casa que, juntas, dariam um livro bem grosso.

— Mas se você fosse uma princesa — papai disse, em tom desesperado. — Se você não tivesse escolha e fosse *obrigada* a viver num castelo, mas pudesse ter tudo o que quisesses, como seria?

— Se eu pudesse ter tudo o que quisesse — Jas disse, muito formal —, desejaria ter comigo toda a minha família.

Nunca vi um extraterrestre tão deprimido.

Sexta-feira, 9 de dezembro

Tom Myers, aquele linguarudo, contou a toda a escola que Flora vai ter um bebê.

Tom disse *mas eu só disse para minha irmã*, como se não entendesse que o problema não é esse; a questão é que segredo não se conta para *ninguém*. A irmã dele, provavelmente, também só contou para uma pessoa. Que contou para outra, até que todos ficaram sabendo, menos os interessados. Eles descobriram na cantina, quando o idiota do Graham Lewis apareceu fazendo ruídos de bebê.

– Ai, meu Deus! – Flora gritou – Você está dizendo que estou gorda?

– Mamãe! – disse Graham, rindo. – Papai!

Joss caiu na gargalhada quando entendeu o que Graham queria dizer. – Cara – ele disse para Graham (que falou para quem quisesse ouvir) –, cara, nós dois precisamos ter uma conversa sobre os fatos da vida.

Geralmente os meninos querem que as pessoas pensem que eles fazem com as garotas mais do que fazem, mas Joss não pareceu se importar. Graham disse: – O quê? Nunca? Mesmo? – e Joss riu mais ainda, dizendo, de um jeito meio machista: – Não foi por falta de tentar, cara – e Flora ficou vermelha, parecia que ia matar Graham e jogar o corpo dele para os abutres.

Ela levou uns vinte segundos para deduzir que eu era a fonte do boato. Tentei pedir desculpas, mas ela não me deu ouvidos: – Não sei o que deu em você ultimamente – ela se enfureceu –, e eu gostava de ser sua irmã; talvez algum dia, quando eu esquecer como é ser HUMILHADA diante de TODA A ESCOLA, eu possa perdoar.

Joss riu o tempo todo enquanto ela brigava comigo. Então ela se virou para ele e começou a gritar que ele estava sendo insensível e imaturo.

– Só porque tenho senso de humor – Joss disse; e Flora retrucou: – E o que isso significa? – e Joss disse: – Relaxe, por favor – e de repente eles estavam discutindo e nem notaram quando saí na ponta dos pés.

O diário filmado
de Bluebell Gadsby

Cena 16 (transcrição)
Na Alemanha as árvores são decoradas
na véspera do Natal

No patamar do lado de fora do escritório do pai. Por trás da porta fechada, gritos de briga e música alta. TWIG e JAS brincam de lutar, ansiosos.

TWIG
Você vai.

JAS
Não, você.

TWIG
Não, você.

VOZ DO PAI
(de dentro do escritório)

Seja lá o que for, vão embora! Estou tentando trabalhar aqui dentro!

(Twig respira fundo e abre a porta do escritório)

TWIG
Queremos comprar uma árvore de Natal.

O PAI sentado à mesa, cercado de papéis espalhados por todos os lados. Uma luz pisca no seu *laptop* aberto. Música e som de batalha cada vez mais altos.

PAI
(sem levantar os olhos)
Então, vão logo.

JAS
Precisamos que você vá junto.

PAI
Onde está a sua mãe?

JAS
Ela ainda está no horário da Argentina.

PAI
E Zoran? Ele não é pago para fazer essas coisas?

VOZ DE BLUE
Ele foi visitar a Alina na casa de repouso.

PAI
Mas quem é Alina?

JAS
Por favor, papai. Você só está assistindo a um filme.

PAI
Não estou assistindo a um filme, estou trabalhando. Um dia, quando forem mais velhos, vocês vão entender. Na Alemanha as árvores são decoradas na véspera de Natal. Na Rússia, só no ano novo.

JAS
(começa a chorar)
Detesto você, papai!

PAI
(rugindo atrás da porta do escritório, que ele bateu)
E eu detesto essa m... porcaria de Natal!

O diário filmado de Bluebell Gadsby

Cena 17 (Transcrição)
A questão é que nós realmente não moramos na Alemanha

TARDE. Sala de estar dos Gadsby. O carvão arde de novo na grelha. FLORA está sentada na espreguiçadeira, no canto mais distante da sala, mandando mensagens para Tamsin, contando sobre sua discussão com Joss. O PAI está dormindo numa poltrona junto da lareira, com o jornal de domingo caindo do colo. A MÃE, TWIG e JAS estão jogando *Banco Imobiliário* e comendo uma torta de chocolate e pistache feita por Zoran. A mãe odeia o jogo, mas participa de uma exibição de união familiar. Twig adora jogar, mas o seu coração não está ali. Dá para perceber pelo jeito como olha para o vazio. Jas em compensação está supereducada.

MÃE
Tenho de admitir, queridos, este bolo está
delicioso. Vocês ajudaram Zoran a fazer?

JAS
Que bom que gostou, mamãe. Twig, preste atenção,
estou quase comprando Mayfair inteira.

TWIG
A questão é que realmente não moramos na
Alemanha.

MÃE
É verdade, querido, mas ela disse Mayfair.

TWIG
O que significa que sempre montamos nossa
árvore de Natal no começo de dezembro.

JAS
Shh, o papai vai ouvir.

PAI
(acordando)
O papai vai ouvir o quê?

TWIG
Mesmo quando Iris estava no hospital. E agora
estamos no segundo fim de semana de dezembro.

PAI
Mesmo quando Iris estava no hospital o quê?

TWIG
TÍNHAMOS UMA ÁRVORE NO COMEÇO DE DEZEMBRO!
E NÃO MORAMOS NA ALEMANHA!

A resposta do pai é abafada pela porta que se abre; Zoran entra e fica no meio da sala. Tem um chapéu de pele nas mãos e fala com a mamãe, sem olhar para ela. Parece um camponês russo que vem mendigar um favor.

ZORAN
Tenho novidades, mas acho que vocês não vão gostar.

MÃE
(Efusiva, tentando compensar o fato de há apenas uma semana ter tentado despedi-lo)
Ah, Zoran, tenho certeza de que não é tão ruim assim!

ZORAN
Minha tia-avó vai se casar.

Domingo, 11 de dezembro

Então os temores de Zoran tinham se confirmado, Alina aceitou o pedido de Peter.
– Você disse para ela que ele só está atrás de dinheiro? – perguntei.
– O quê? – gritou a mamãe. – Blue! O que você sabe sobre isso?
– Eu fui visitá-la num dia em que não fui à escola.
– O que não entendo – resmungou o pai – é por que você acha que nós não vamos gostar da notícia?
Zoran explicou que Alina vai se casar amanhã e vai passar a lua de mel em Paris, como no seu primeiro casamento; ela tem ótimas lembranças de lá. Só que desta vez os noivos são tão idosos que ela quer que Zoran vá também. Só para o caso de alguma coisa dar errado. Garanto que o papai estava morrendo de vontade de perguntar "que tipo de coisa", mas a mamãe fez que não, e ele se calou.
– Minha irmã também vai estar em Paris – Zoran disse isso olhando para mim. – Ela vem de Sarajevo com a família.
– Mas quando você volta? – gritou a Mamãe.
– Não sei – Zoran respondeu, e todos nós tivemos de nos inclinar para a frente para ouvi-lo. Ele falava sem olhar para nós, para fora da janela. – Há muito tempo não a vejo.
– Você vai embora? – Jas perguntou, com os olhos arregalados e o lábio inferior começando a tremer.
– Mas você não pode! – A mamãe estava quase chorando também. – Tenho de estar em Nova York amanhã!
Acho que nunca vi alguém tão triste e tão determinado ao mesmo tempo. Zoran disse que sentia muito e que Alina tinha acabado de se lembrar de contar a ele. A tia-avó tinha 95 anos, era muito esquecida e tudo tinha sido decidido na correria.
– Mas por que tanta pressa? – gritou papai.
– Ela tem 95 anos – repetiu Zoran.

– Ele quer dizer que ela pode cair morta a qualquer momento – Flora explicou.

– É verdade – disse Zoran.

– Ah – disse o papai.

– Será que você não poderia trabalhar em casa esta semana, David? – a mamãe perguntou.

– Alina gostaria que você filmasse o casamento – Zoran me falou. – Vai ser em Richmond, na igreja local.

– De jeito nenhum! – o papai exclamou.

Zoran pareceu confuso.

– Diga uma coisa, David – a mamãe disse –, o que exatamente segura você em Warwick, agora que o período escolar acabou?

– Não consigo me concentrar em nenhum outro lugar. Cheguei a uma etapa crítica do meu novo projeto. Você vai ter de dizer na Bütylicious que não pode ir a Nova York.

Depois disso, nada de bom poderia acontecer entre os dois. Fomos saindo para a cozinha, onde Zoran nos fez sanduíches de manteiga de amendoim e banana frita.

– Talvez a sua avó possa vir – ele sugeriu, mas nenhum de nós respondeu. Finalmente, Flora disse: – Não acredito que você vai nos deixar – e ele respondeu: – Sinto muito – e depois ninguém falou por um tempo, e Zoran disse que precisava fazer as malas.

– Vocês acham – Twig perguntou depois que ele saiu – que vamos ter Natal este ano?

Jas atravessou o aposento e veio segurar minha mão. – E a véspera de Natal? – ela sussurrou.

Ouvíamos as vozes dos nossos pais descendo pela escada. – Uma informação, David! Ser pai implica algumas responsabilidades!

– Veja quem fala! Quem está fugindo de novo para a maldita Nova York?

– Não estou fugindo! – gritou a mamãe. – Não tenho escolha!

– Ora, nem eu! – gritou o papai.

Flora disse que devíamos nos preparar para o pior. Disse que o Natal é a época do ano em que acontecem mais divórcios.

No andar de cima, mamãe começou a chorar.

O diário filmado de Bluebell Gadsby

Cena 18 (Transcrição)
O casamento

PARTE 1: INTERIOR DA IGREJA DE SÃO CLEMENTE, RICHMOND.

Um sol pálido flui através das janelas altas, brilhando sobre fileiras de cabelos com rinsagem azul e andadores. A igreja está lotada.
   O órgão inicia uma marcha nupcial. A congregação sussurra, alvoroçada. Na frente, PETER se levanta cambaleando e se apoia pesadamente na bengala. ALINA entra na igreja pelo braço de ZORAN. Ela está de *tailleur* cor de lavanda, chapéu *pill-box* com um pequeno véu roxo, e sorri radiante. Caminha lentamente. Por um terrível segundo, ela solta o braço de Zoran no início da nave, e parece que vai cair, mas ele logo a segura. De queixo erguido, ela se vira para cumprimentar o noivo.

O PADRE se aproxima para cumprimentar os dois e os convida a sentar em duas cadeiras esculpidas, diante do altar. Em seguida, ele olha para a câmera e indica que deve ser desligada.

O diário filmado de Bluebell Gadsby

Cena 18 (Transcrição)
O casamento

PARTE 2: INTERIOR DA CASA DE REPOUSO.

Balões brancos flutuam acima dos trilhos da cortina do salão e serpentinas prateadas descem do teto. Uma árvore de Natal brilha no canto, e fileiras de lâmpadas decoram a lareira. Um enorme buquê de lírios enfeita uma mesa de cavalete arqueada sob o peso do bufê. Os residentes da casa, em diferentes estágios de embriaguez, consomem vinho espumante e salgadinhos. Cuidadores circulam entre eles, completando os copos e servindo mais comida. ZORAN, ao piano, toca *ragtime*. ALINA está ao lado de PETER no sofá, segurando sua mão. Peter se inclina e a beija suavemente no rosto. Ela se vira para olhar para ele. Tem lágrimas nos olhos. Ele acaricia-lhe a face. Ela apoia a cabeça em seu ombro. Ele sorri e fecha os olhos.

Os dois parecem ter adormecido, mas também parecem felizes.

Todos parecem felizes.

Terça-feira, 13 de dezembro

A discussão, no domingo, durou até a noite. O papai foi para Warwick ontem; Zoran foi para Paris com Alina, e a vovó veio de Devon. A mamãe partiu para Nova York hoje de manhã.

Vimos quando ela saiu; ficamos na janela do quarto de Flora. Ontem, quando se despediu, a mamãe disse que não queria nos acordar, mas, com a barulheira que ela fez para tomar banho e descer com a mala, teria acordado uma preguiça hibernando (se as preguiças hibernassem, o que Twig diz que elas não fazem). Os bebês foram os primeiros a entrar no quarto de Flora, arrastando seus edredons, e corri para me juntar a eles, também com meu edredom. Não tinha certeza de que Flora ia me deixar ficar no quarto dela, mas ela não disse nada.

Estamos quase na metade do inverno e ainda estava escuro como breu. O taxista esperava pela mamãe e víamos sua respiração saindo em pequenas lufadas de vapor, que sob a luz eram cor de laranja. Ela não parava de conferir a bolsa, olhar para a casa e ajustar o casaco e as luvas. – Vocês acham que talvez ela não vá? – Jas disse. Mas aí mamãe endireitou os ombros e sacudiu a cabeça, daquele jeito dela quando toma uma decisão; em seguida ela entrou no táxi, que foi descendo a rua, e nós todos ficamos lá, meio tontos por acordar tão cedo.

Jake foi a primeira pessoa que vi na escola hoje de manhã – Fui ao casamento de uns idosos – respondi, quando ele perguntou aonde eu tinha ido ontem. – Acho que foi a coisa mais linda que já vi na vida – eu disse, pois é verdade. Não consigo parar de pensar em Alina, em como ela parecia em paz, com a cabeça no ombro de Peter, todo orgulhoso por estar com ela. Até Zoran se rendeu; quando me trouxe para casa depois do casamento disse que, afinal, as intenções de Peter provavelmente fossem honestas. Ele diz que foi bom a tia ter deixado bem claro que, quando ela morrer, tudo o que ela tem ficará para Zoran e sua irmã.

– Por que foi tão bonito? – Jake perguntou.

– Porque eles estavam muito felizes. O que é uma bela mudança na minha vida, pode acreditar.

Jake pôs o braço em volta dos meus ombros e me abraçou. Foi bom. Pensei em Alina e apoiei a cabeça no ombro dele, só para ver como era. Meu pescoço doeu um pouco, mas gostei.

E aí Joss passou.

Ele só acenou. Bem, acenou e depois levantou as sobrancelhas, olhou para mim e para Jake, alternadamente, e sorriu como se dissesse "Verdade? Vocês dois?" Nós dois vimos. Jake baixou o braço e eu dei um pulo, me afastando. Senti que fiquei muito corada. Fomos caminhando na direção do prédio de ciências e Jake disse: – Você gosta mesmo dele, não é?

– Nem pensar.

Jake não pareceu convencido.

– Ele é namorado da Flora! – acrescentei.

Jake deu de ombros.

– Não sei – falei finalmente. Jake sorriu e me deu um soco de leve no braço.

– Ninguém escolhe de quem gosta – ele falou. Ele se adiantou para se juntar aos outros, depois se virou para ver se eu continuava andando e sorriu novamente. Pensei que ele parecia exatamente o mesmo de quando tinha tentado me beijar atrás dos banheiros, no quarto ano. Tem os mesmos olhos castanho-claros, o mesmo cabelo escuro desgrenhado, o mesmo corpo magro, só que, de alguma forma, apesar de ser o mesmo, também é diferente. Pensei. Gostaria de poder escolher de quem gostar.

Esta noite consegui falar com a mamãe pelo telefone. Ela estava num táxi, a caminho de sua primeira reunião. Eu ouvia o trânsito e as buzinas ao fundo.

– É possível – perguntei – amar e odiar ao mesmo tempo?

– Você está falando do seu pai? – ela perguntou.

– Você ama e odeia o papai?

– Eu gosto dele – mamãe falou. – Mas ele me deixa louca. A quem você está se referindo?
– Não importa. Você acha possível?
A mamãe disse que acha que o amor e o ódio são emoções semelhantes. Disse que os dois sentimentos podem ser apaixonados e obsessivos, e que um pode se transformar no outro com muita facilidade. Ela achava que é possível amar e odiar ao mesmo tempo, mas que com certeza amar é melhor. Perguntou se eu concordava.
– Hum – respondi.
A mamãe disse que precisava desligar porque tinha chegado à reunião.
– O que vamos fazer no Natal? – perguntei.
– Ah, querida! – ela disse. – Alguma coisa legal, prometo. Algo especial.
E, com isso, ela se foi de novo.

Quarta-feira, 14 de dezembro

Joss teve meio período livre ontem e sei que ele foi para Guildford ver Kiera. Sei disso porque seus colegas mal conseguiram esperar para começar a postar a respeito. Eles não gostam de Flora por causa da história do YouTube, e dizem que nunca mais veem Joss por causa dela. Ele apagou os comentários, mas sei que Flora também sabe, porque ela está com uma cara péssima. Está com os olhos vermelhos, sem maquiagem, andando por aí de *leggings* e um casaco de lã velho, cinzento, do papai, o que não combina com seu cabelo multicolorido.

Flora sabe que sei de Kiera porque ela me pegou olhando a página do Joss do Facebook. Ela disse que imagina que eu esteja satisfeita. – Você deve considerar isso uma espécie de vitória – ela disse. Como não respondi, ela continuou: – Ah, pare de fingir, todos nós sabemos que você morre de inveja de mim e me odeia.

— Seria um desperdício de sentimento — murmurei.
— O Joss me ama — ela falou, como se estivesse tentando convencer a si mesma. — Essa tal Kiera não é nada. Ele me contou. Só foi vê-la porque tem pena dela. Ele gosta é *de mim*.
— Só não consigo imaginar por quê! — gritei, enquanto ela voltava para o quarto. — Já que você é tão insuportável!
Nunca fomos tão horríveis uma com a outra.
Agora percebo que nunca vou ser tão importante para o Joss quanto ele é para mim. Para ele, sou a irmãzinha engraçada de sua namorada, a quem certa vez ele ajudou a alegrar, talvez também para impressionar Flora. Sei que ele não é tão legal quanto eu pensava. Não gostei da maneira como ele olhou para mim e para Jake, como se de algum modo tivesse o direito de comentar, *como se estivesse autorizado*. E, no entanto, não posso evitar. Ontem, quando o vi, meu coração pulou, senti como se tivesse caído dentro das minhas botas e saltado de volta para o lugar.

Sexta-feira, 16 de dezembro

Estar com a vovó em Londres é bem diferente de estar com a vovó em Devon. Não tenho certeza de que ela sabe cuidar de nós aqui.
Hoje Flora chegou furiosa. Os boatos acabaram chegando aos professores da Clarendon Free School, e Anthea Foundry lhe disse que se sentisse completamente livre para confiar nela, a respeito de *qualquer assunto*. Falou que conhecia *um monte* de meninas que tiveram bebês muito jovens e que ela era *completamente sem preconceito*.
— Foi a experiência mais embaraçosa da minha vida toda! — Flora gritou para mim. — E olha que tive *um monte* de experiências humilhantes ultimamente!
Então a vovó tentou não parecer chocada quando Flora disse que eu tinha contado a todos que ela estava grávida; Flora teve de explicar que não era verdade, vovó ficou muito confusa e perguntou por que eu tinha espalhado a notícia,

se não era verdade. Tive de explicar que tinha ouvido uma conversa e me confundido; quando terminei estava quase chorando, então Jas entrou e disse que "sentia muito por nos incomodar, mas queria saber se poderíamos ir comprar uma árvore de Natal". Como a vovó não respondeu, ela continuou: "E fazer biscoitos de especiarias com glacê para usar como decoração? E fazer nossos cartões de Natal? E patinar no gelo, e ter um cachorro?"

Jas começou a falar com aquela voz de bebê, que é muito, muito irritante.

– Claro, querida – vovó imitou sua voz, e Jas levantou os olhos como se não acreditasse no que estava ouvindo. – Menos o cachorro – disse vovó, rapidamente. – Acho que seus pais não aceitariam um cachorro.

Twig veio do jardim com Betsy ou Petal e perguntou: – Você acha que ela está engordando? – e a vovó ficou um pouco mais parecida com ela mesma e gritou SEM RATOS NA COZINHA tão alto que Twig deixou Petal ou Betsy cair e ficamos séculos tentando pegá-la de novo, menos a Flora, que estava na casa do Joss porque ela quer passar o maior tempo possível ocupando o terreno para provar que é muito melhor que a Kiera.

– Só para prevenir – ouvi Flora dizer a Tamsin, pelo telefone.

São quase 22h30. Vovó continua tentando fazer os bebês irem para a cama, mas ela queimou a primeira fornada de biscoitos porque o termostato do forno está quebrado, e Jas diz que não vai dormir enquanto não tiverem terminado de colocar o glacê.

Domingo, 18 de dezembro

Papai não veio para casa este fim de semana. Vovó gritou com ele. Mamãe ligou para dizer que está em Boston. Joss foi para casa, em Guildford, passar o Natal e o Ano-Novo. Flora está deprimida.

Terça-feira, 20 de dezembro

Twig passou a manhã revirando todos os guarda-roupas, gavetas e cômodas da casa e anunciou que não é assim que se espera que seja o Natal.

– No Natal deveria haver presentes escondidos em todo lugar – ele disse.

– A mamãe deveria estar aqui – Jas completou. – Arrancando os cabelos por causa da comida.

Eu não disse nada. Tenho a minha própria opinião sobre o Natal.

A vovó está tentando recriar Devon, quanto à agitação, quero dizer. No domingo, ela nos mandou patinar no gelo em Somerset House, e nos disse para pegar o ônibus até Regent Street e Oxford Street para ver as luzes de Natal.

– QUERO FOTOS – ela disse. – PARA PROVAR QUE ESTIVERAM LÁ.

Flora resmungou que era o tipo de coisa que só as pessoas que não moram em Londres fazem, mas a vovó foi inflexível.

Ontem ela nos fez ir ao Winter Wonderland no Hyde Park, que Flora disse que era mais coisa de turista do que as luzes. Flora nos levou até a Power Tower, que é como um elevador gigante no qual as pessoas sentam e são içadas até o topo de uma torre de 66 metros, e depois trazidas de volta ao chão. Jas vomitou e Flora perdeu a carteira; com isso tivemos de voltar para casa a pé, no escuro, pelo Hyde Park e pelos Kensington Gardens. Fazia tanto frio que minhas narinas se colavam.

Hoje, finalmente, compramos a nossa árvore. É tão grande que não cabe na sala. Nós a colocamos no *hall* de entrada, e subimos e descemos as escadas a tarde toda para decorá-la. Flora ficou no patamar gritando ordens para nós, comportando-se quase daquele seu jeito de mandona de sempre.

Quarta-feira, 21 de dezembro

Zoran nos mandou um email hoje com fotos de Peter e Alina desfrutando a lua de mel em Paris. Quase sempre pareciam estar em restaurantes, mas havia uma dos dois sentados num banco de jardim em frente à Torre Eiffel, embrulhados em casacos, chapéus e xales. Ela com a cabeça no ombro dele, olhos fechados, Peter com o maior dos sorrisos.

– Eles não são lindos? – Zoran escreveu. – Não parecem felizes?

Ele escreveu que Alina está tricotando para Peter um novo cardigã para o Natal. Ela começou a tricotar antes do casamento, o que nos velhos tempos teria sido tempo suficiente, mas agora é preocupante já que ela tem artrite em todos os dedos e seus olhos estão bem ruins. O cardigã tem uma forma estranha e também uma mistura de cores muito incomum, mas Peter diz que não tem importância, pois pode usá-lo apenas para proteger o pescoço de correntes de ar.

Havia outra foto, de um homem, dois meninos e uma mulher tão parecida com Zoran que só podia ser sua irmã.

– Decidimos passar o Natal em Paris – Zoran escreveu. – Lena queria que voltássemos todos para Sarajevo com ela, mas Alina não conseguiria viajar para tão longe. Lena diz, com razão, que o importante no Natal é estar com pessoas que você ama.

– Certamente – Flora franziu as sobrancelhas –, ele nos ama também?

Jas disse que era legal Alina e Peter estarem tão apaixonados, e que ela espera que a mamãe e o papai sejam assim, quando ficarem velhos; e Flora disse: – Como se isso fosse acontecer algum dia – e aí Jas chorou. A vovó ficou realmente zangada e perguntou por que Flora tem de dizer essas coisas se ela sabe que Jas é tão sensível, então Flora irrompeu em lágrimas também.

Quinta-feira, 22 de dezembro

Hoje Flora desmanchou o namoro com Joss em resposta aos comentários em seu mural de que Joss Bateman acha que não há lugar como o lar e Spudz (o amigo de Joss) sempre soube que as garotas de Guildford são melhores, embora a menina de cabelo esquisito tenha um belo traseiro.

Flora esperou cerca de cinco minutos para que Joss viesse em sua defesa (sei porque eu estava vendo a conversa) e depois ela entrou e escreveu: Vocês são todos um bando de idiotas imaturos e isso inclui você, Joss Bateman.

CJ escreveu: Uhuu!

Flora escreveu: Cai fora, CJ, isso não é da sua conta.

Sharky escreveu: Cai fora! Entendeu??? FORA! FORA!

Flora escreveu: Ah, vê se cresce.

Spudz escreveu: Ela tem uma bela bunda, mas zero senso de humor.

Então o telefone tocou e era Joss, e não sei o que ele disse, mas era impossível não ouvir Flora, que basicamente dizia que ELE ESTAVA ENCONTRANDO KIERA DE NOVO e COMO ELA PODIA SABER SE ELE ESTAVA FALANDO A VERDADE e OS AMIGOS DELE NÃO TINHAM RESPEITO POR ELA e ELA NÃO ESTAVA HISTÉRICA. Então ela gritou que o odiava e não queria vê-lo nunca mais, e desatou a chorar.

Flora chorou o dia todo. Tentou ligar para a mamãe, mas o telefone estava desligado, o que a fez chorar ainda mais, e não adiantou muito vovó lembrar que ainda eram 6 h da manhã em Nova York.

– Vou ligar para o papai – Flora disse, ainda chorando.
– Pelo menos um dos dois tem de responder.

Mas o telefone do papai só tocou, tocou, e Flora chorou mais alto ainda.

Está nevando na Escócia. Toda vez que ligamos o rádio, ouvimos que a sobrevivência das pessoas nas Terras Altas depende da remoção dos montes de neve que o vento acumula.

– Gostaria que nevasse aqui – Jas falou.

A vovó fez sopa, torrada com queijo e torta de Natal de sobremesa. Assistimos a *A felicidade não se compra*, como em todos os Natais. Flora desceu com seu edredom e o nariz muito vermelho. Nós todos fingimos que estava tudo bem, mas Twig acabou de entrar agora no meu quarto e sentou no chão, de pernas cruzadas, me olhando enquanto escrevo.

– Vai ser uma porcaria de Natal – ele falou.
– É – concordei.
– Você sente falta dela? – ele perguntou.
– De quem?
– Não finja – ele pediu.
– O que você acha?
– Acho que sente, só que nunca diz. Ninguém *nunca* diz. Não está certo.

Meu irmão caçula crescendo.

– Claro que sinto falta dela – acrescentei. – Todo dia. Sinto falta dos nossos pais, também.
– Eu queria que eles viessem para casa – ele disse.

Enquanto eu escrevia, ele ficou um tempão sentado ali, com a cabeça encostada na minha cama, olhando para a porta. Só se levantou quando eu disse que queria ir dormir.

– Vou trazê-los de volta – ele falou antes de sair do meu quarto. – De algum modo. Vou sim.

E então ele saiu.

Sexta-feira, 23 de dezembro

Nevou durante a noite. Soube disso assim que acordei. A luz no meu quarto estava diferente, pálida e filtrada, e não havia nenhum ruído lá fora. Pulei da cama, abri as cortinas e constatei que o mundo havia desaparecido sob um espesso tapete branco. Fazia um frio e tanto. Vesti um pulôver, calcei meias e corri para a porta ao lado para contar a Twig e a Jas.

Eles não estavam no quarto, então fui até a cozinha. Flora estava enfurnada no balcão onde tomamos café da manhã, com cara de muito infeliz, e a vovó estava fazendo torradas, com ar de sofredora.

– Está tudo bem? – perguntei.

Flora se afundou mais ainda.

– Alguma coisa no Facebook – vovó respondeu.

– O que foi agora?

– Desde quando você se importa? – Flora gritou, e saiu correndo da cozinha.

Vovó parecia perplexa. De repente senti falta de Zoran. De verdade. Se ele estivesse aqui, pensei, contaria a ele da minha sessão de *skate* solo com Jake, diria que tive a sensação de voar. Achei que Zoran, que nunca tinha gostado de Joss, provavelmente gostaria de Jake.

E aí começou. Perguntei: – Onde estão os bebês? – e vovó respondeu: – Na cama, vá buscá-los, eles não podem perder isto; eu disse: – Eles não estão na cama, acabei de ver – e vovó emendou: – Bem, eles não estão aqui.

Então achei que poderiam estar no jardim, mas a porta estava trancada; a vovó achou que poderiam estar no andar de cima vendo TV, mas não estavam; aí, Flora parou de chorar, juntou-se a nós e procuramos por toda parte, incluindo o sótão e o porão, mas nem sinal deles. Então a vovó notou que os casacos e as botas dos dois tinham sumido, assim como todos os biscoitos da árvore e o dinheiro das despesas. E eu lembrei que na noite anterior Twig tinha dito: – Vou trazê-los de volta.

– Ai, meu Deus – Flora gritou quando contei a ela. – Os monstrinhos fugiram!

A vovó ficou branca e disse: – Não, eles provavelmente foram ao parque fazer um boneco de neve.

– Não há pegadas lá fora! – gritou Flora. – Eles devem ter saído há um tempão.

– SAIAM PARA PROCURÁ-LOS! – a vovó gritou. – CORRAM! ENQUANTO CHAMO A POLÍCIA!

Então Flora e eu enfiamos as botas de neve e os anoraques por cima do pijama, corremos para a rua; fomos telefonando para todo o mundo que conhecemos, Jake e Dodi e todos os amigos de Flora, para pedir que nos ajudassem a procurar, mas Flora e eu sabíamos que era inútil. E estávamos certas. Quando terminamos a busca havia um monte de gente vasculhando o parque, e os bebês não estavam lá.

Jake e Dodi foram para casa conosco, e quando chegamos vovó estava na porta conversando com um policial chamado Roberts. Ele era baixo, tinha bigode e parecia muito infeliz.

– VOCÊS TÊM DE FAZER ALGUMA COISA! – vovó trovejava. – VOCÊS TÊM DE PROMOVER UMA BUSCA POR TODO O PAÍS.

– Mas vocês têm alguma ideia de onde eles possam estar?

– SE TIVÉSSEMOS, POR ACASO ESTARÍAMOS AQUI?

Sentamos na cozinha, onde Dodi fez chá para todos. Vovó colocou conhaque na garrafinha de metal que sempre carrega na bolsa. Ofereceu ao policial, mas ele agradeceu e recusou, por estar trabalhando. Ele perguntou quando os bebês tinham desaparecido, se não poderiam ter ido para a casa de algum parente.

– SIM, PARA A MINHA CASA – vovó berrou. – MAS EU ESTOU AQUI.

– Achamos que foram ao encontro do papai – falei.

– Onde ele mora? – perguntou o policial.

– Ele mora aqui, mas a maior parte do tempo está em Warwick – respondi.

– Onde está a sua mãe? – ele perguntou.

– Ela também mora aqui, mas a maior parte do tempo está no exterior – Flora falou.

– Então quem toma conta de vocês?

– Zoran – Flora respondeu. – Na verdade, ele está em Paris.

O policial Roberts nos pediu uma foto dos bebês e disse que notificaria o desaparecimento dos dois. Daria especial atenção às rotas de trem e ônibus para Warwick, e a polícia rodoviária ficaria em alerta máximo, mas que tínhamos de entender que tinham caído dois metros de neve na noite anterior em algumas partes do país e que lá fora estava um caos absoluto. Também disse que teria de alertar o Serviço Social. Com olhar de desaprovação, informou que se tratava de um procedimento-padrão. Disse que deveríamos continuar tentando entrar em contato com nossos pais e informá-lo assim que conseguíssemos.

— O QUÊ? SÓ ISSO? — a vovó perguntou.

— Faremos todo o possível — disse o policial, e foi embora. Dodi me abraçou, e então ela e Jake também foram embora.

Isso foi às 10h30. Desde então, soubemos que quase todos os trens para Warwick, mas não todos, tinham sido cancelados pela manhã, que alguns saíram de Londres mas não chegaram, e que alguns foram desviados para outras linhas; então, se Twig e Jas tentaram pegar um deles, poderiam estar em qualquer lugar. As fotografias deles foram enviadas para estações das duas linhas, mas ninguém relatou ter visto dois menores desacompanhados ao longo desses percursos.

Agora é tarde e lá fora está escuro. Passamos o dia inteiro esperando. Continuamos tentando falar com o papai, mas só cai na secretária eletrônica. A neve, que parecia tão mágica hoje de manhã, se tornou insuportável, e o silêncio, ensurdecedor. Não há carros por causa da neve, nem aviões. A mamãe ligou diversas vezes, cada vez mais histérica. Ela está presa no aeroporto de Nova York, chorando e gemendo na sala de embarque, porque seu avião não pode pousar em Heathrow. Talvez não consiga de maneira nenhuma chegar a tempo para o Natal. Estamos todos fazendo um grande esforço para fingir que os bebês estarão conosco, mas, secretamente, sei que estamos todos com medo de que eles não estejam. Não dizemos nada, mas estamos todos lembrando o que aconteceu há três anos, quando Iris saiu sozinha no escuro.

O papai finalmente ligou e falou com a vovó. Nós a ouvimos de todos os lugares na casa: — EM QUE RAIO DE

LUGAR VOCÊ SE ESCONDEU O DIA INTEIRO? VOCÊ É TOTALMENTE EGOÍSTA! NÃO ACREDITO QUE VOCÊ NÃO ESTEJA EM CASA!

– A culpa não é do papai – Flora falou. Ficamos juntas na janela do quarto dos bebês. Parou de nevar no final da tarde e agora o céu está completamente claro.

– Não – concordei. – Não é.

– Não é culpa de ninguém, é? – Flora perguntou. – Iris morreu e foi um acidente, e nenhum de nós superou isso. No fim das contas, só perdemos o prumo.

– Isso não é o fim – eu disse. Respirei na vidraça da janela, que ficou embaçada. Sem pensar, desenhei um coração com uma flecha atravessada.

– Joss foi com Kiera a uma festa ontem à noite – Flora falou. – CJ postou fotos no Facebook.

– Sinto muito – falei.

– Não, eu sinto muito. Vocês eram amigos, e aí eu o roubei. Não tinha essa intenção, só que fazia muito tempo que não me sentia feliz, entende?

– Não faz mal – respondi.

– Você deve me odiar.

– Não odeio você – falei. Olhei para ela, a minha louca irmã mais velha, ali sentada, de pijama listrado e um cardigã velho, com o cabelo esquisito preso em cima da cabeça, e quase sorri.

– De verdade, não odeio você – repeti, e ela quase sorriu de volta.

Vovó foi para a cama às 20 h, mas dizendo que certamente não conseguiria dormir. Alguns minutos atrás fui até lá, na ponta dos pés, verificar e ela estava sentada na cama, roncando, com o livro no colo e a garrafinha de metal na mesa de cabeceira. Flora no quarto dela, conversando com Tamsin pelo telefone fixo. Ela desligou o celular porque não quer falar com Joss. Eu tenho conversado com a Iris, onde quer que ela esteja, pedindo que cuide de Jas e Twig; onde quer que *eles* estejam certamente vão precisar de toda a ajuda possível.

Somos apenas três em casa agora, quando deveríamos ser pelo menos nove.

Minha câmera de vídeo está em cima da cama, onde a deixei hoje de manhã, pronta para filmar a neve. Meus dedos estão coçando de vontade de filmar. Parece errado, de certo modo, filmar num momento como este, mas agora o pensamento entrou na minha cabeça e não consigo tirá-lo.

Está calmo demais. Vou sair e vou levar a câmera comigo.

O diário filmado de Bluebell Gadsby

Cena 19 (transcrição)
O *grand finale*

PARTE 1: NOITE. JARDIM DOS GADSBY.

O jardim está brilhando, a neve reflete a luz da lua crescente. Os galhos pendem, carregados de neve. Não parece Londres. É outro mundo, um lugar mágico, ou que seria mágico se não fosse o som da cidade voltando à vida e um helicóptero circulando no alto.

    A neve cai enquanto a CINEGRAFISTA (BLUE) vai roçando nos ramos que invadem seu caminho de casa até as gaiolas dos ratos, no fundo do jardim. A cinegrafista se agacha para filmá-los. Os bebês devem ter vindo aqui antes de ir embora, porque as gaiolas estão cheias de palha limpa e seca e há algumas maçãs quase intocadas nas tigelas de comida. A cinegrafista bate no topo da gaiola das fêmeas. A palha farfalha dentro da casinha de dormir. Um nariz cor-de-rosa aparece, se contrai, e mergulha de novo para se abrigar.

CINEGRAFISTA
(sussurra)
Petal, Betsy, vocês sabem onde eles estão?
Se sabem, têm de dizer.

JOSS
(fora do alcance da câmera)
Sabe que conversar com ratos é o primeiro
sinal de loucura?

JOSS entra no foco quando a cinegrafista se endireita. Ele está de jaqueta acolchoada e, sua marca registrada, com um gorro enfiado até as orelhas. A ponta do nariz está tão rosada quanto a dos ratos, seus olhos brilham. Ele sorri e acena, e então tem um soluço.

JOSS
(soluçando de novo)
Enfrentei removedores de neve e trens
congelados para desejar um Feliz Natal a
Flora.

CINEGRAFISTA
(corajosamente)
Não acho que seja uma boa ideia.

                JOSS
(cambaleia e dá alguns passos em direção à
        câmera e aí para, oscilando)
          Mas eu gosto dela.

            CINEGRAFISTA
  Ela está transtornada! Não apenas com você.
   Ah, Joss, os bebês sumiram! A gente acha
                que fugiram.

Joss para. Morde o lábio inferior, imerso em pen-
samentos. Alguns segundos se passam.

            CINEGRAFISTA
           (quase soluçando)
       Não sabemos onde eles estão.

                JOSS
         (tentando se concentrar)
          Tenho de falar com Flora.

Ele levanta a mão para impedir os protestos de
Blue.

            JOSS (continua)
  Temos de unir esforços, deixar para trás as
              nossas diferenças.

                JOSS
            (batendo palmas)
    Venha, jovem Bluebell! Mexa-se!

Joss avança a passos largos, escorrega na neve, fica de pé de novo e desaparece na casa. A cinegrafista o segue (hesitante).

O diário filmado de Bluebell Gadsby

Cena 19 (transcrição)
O *grand finale*

PARTE 2: INTERIOR, NOITE. LADO DE FORA DO QUARTO DAS CRIANÇAS.

Joss escancara a porta do quarto de FLORA. Flora grita e deixa cair o telefone.

JOSS
(com afetação)
Vim ajudar a encontrar os bebês desaparecidos!

FLORA
(parecendo furiosa, puxa o edredom até os ombros)
Eu disse que nunca mais queria ver você!

JOSS
(cai na cama, onde se senta e fica olhando tristemente para Flora)

Você está zangada. Eu entendo. Posso explicar.
Gosto de você.

Flora sai de baixo das cobertas com dificuldade e fica de pé na cama. Joss tenta pegar sua mão. Ela o empurra, pula da cama, tropeça e bate a cabeça na beirada de uma prateleira.

                FLORA
(sangue do corte na testa escorrendo pelo rosto)
Vá embora! Deixe-me em paz! Odeio você!

                JOSS
(segura Flora pelos ombros e a sacode com força)
Pelo amor de Deus, mulher, me escute!

Flora grita e dá uma joelhada na virilha de Joss, que se dobra de dor.

            CINEGRAFISTA
(seus gritos ficam menos audíveis por causa do barulho de um helicóptero do lado de fora)
Pare! Pare! Pare!

A AVÓ aparece; está de camisola vermelha e cabelo desgrenhado, grita É MILAGRE! É MILAGRE DE NATAL! Ela aponta para a janela. Ela grita, UM HELICÓPTERO NA PRAÇA! A câmera faz uma panorâmica para a direita e atravessa a escuridão, o vidro, as árvores e realmente focaliza um pequeno helicóptero, que já pousou no gramado de Chatsworth Square. Quatro figuras estão ao lado dele. Dois homens e duas crianças. PAPAI, TWIG, JAS e UM MISTERIOSO DESCONHECIDO.

AVÓ
(finalmente percebendo as três pessoas na sala)
O QUE ESTÁ ACONTECENDO AQUI?

CINEGRAFISTA
Papai! Papai! Papai!

A imagem borra quando a cinegrafista desce as escadas correndo. A voz da cinegrafista em *off* grita – *Papai, venha depressa!* O pai fica brevemente à vista, parecendo um pouco verde após a viagem de helicóptero.

PAI
O que é isso? O que aconteceu?

CINEGRAFISTA
(começando a chorar)
Joss e Flora! Lá em cima! Ela está sangrando!
Ele está machucado!

Por um momento, tudo congela. Todos os olhos estão voltados para o pai, que acabou de vencer o seu maior medo, trouxe para casa duas crianças perdidas no meio da noite e não estava esperando por essa recepção.

CINEGRAFISTA
PAPAI!!

A cena descongela. O pai ruge e corre pela escada, a câmera o segue aos solavancos, até o quarto de Flora, onde Joss chora, ajoelhado no chão. Flora, sentada na beira da cama, tem o rosto coberto de sangue. Joss segura Flora pela cintura, a cabeça enterrada em seu colo. Ela também está chorando e tenta afastá-lo. A avó está batendo na cabeça dele com um livro, mas ele a ignora.

JOSS
Desculpe! Desculpe! Desculpe!

PAI
Solte a minha filha, seu maluco!

O punho do pai se conecta com o nariz de Joss. O sangue jorra por todos os lados. O pai ri, parecendo louco. Comoção quando Jas, Twig e o Misterioso Desconhecido entram na sala, seguidos pelo POLICIAL ROBERTS que, juntamente com o Misterioso Desconhecido, pula no pai para impedi-lo de bater em Joss novamente.

Sábado, 24 de dezembro: de manhã cedinho

Apenas por um momento, no jardim com Joss, pensei que ele fosse me surpreender. Quando contei a ele sobre os bebês, por alguns segundos pensei que ele ia encontrar alguma maneira louca de encontrá-los. Boba, eu sei, quando penso no que aconteceu depois, mas não me esqueci do incidente com os ratos. Joss tem esse efeito sobre as pessoas. Bem, ele tinha esse efeito sobre mim.

Depois que todos haviam abraçado todos, voltamos para a cozinha, onde a vovó fez chá e cortou pedaços enormes de bolo de Natal para todo o mundo, até para o Joss, que tinha de manter a cabeça inclinada para trás por causa do sangramento no nariz, e para o policial Roberts, que continuava tentando dizer ao papai que ele estava preso; e entre abraços e bocados de bolo, os bebês nos contaram o que tinha acontecido.

Eles conseguiram chegar a Warwick... bem, é claro, já que encontraram o papai. Twig fez uma pesquisa secreta online depois que saiu do meu quarto, na quinta-feira à noite, e eles saíram de casa às 16h30, planejando pegar o trem das 17h30 em Paddington.

– Estava gelado – contou Twig. – Mas ainda não estava nevando. Chegamos a Paddington sem problemas.

– Compramos as passagens na máquina da plataforma – Jas disse. – E então encontrei uma senhora e ficamos perto dela para que pensassem que estávamos juntos. Tudo correu bem até chegarmos a Reading.

– Mas não entendemos que tínhamos de trocar de trem – Twig acrescentou.

– E aí começou a nevar...

– E o trem ficou parado. Durante horas...

– E para comer só tínhamos biscoitos de Natal e uns sanduíches de presunto e uma maçã e duas bananas e uma barra de *Mars*...

– Aí tivemos de voltar para Reading, o que demorou *séculos*...

– E aí tivemos de trocar de trem de novo, e dessa vez era o certo, mas estava indo tão devagar que era como se não saísse do lugar ...

– Então, quando chegamos a Warwick, estava escuro, e não tínhamos dinheiro para o táxi, e nem sabíamos onde o papai morava...

– Aí eu comecei a chorar...

– Foi muito difícil – disse Twig –, porque não temos celular. Acho que depois dessa deveríamos ter. É muito injusto não termos. Tivemos de pedir a um estranho para telefonar ao papai para nós. Foi muita sorte sabermos o telefone dele de cor.

– Ele teve pena porque eu estava chorando – Jas comentou. – Então o papai veio nos buscar de helicóptero.

E então todos os olhares estavam voltados para o papai, que tossiu, parecendo envergonhado; e o desconhecido que tinha chegado com eles, que o papai tinha acabado de apresentar como Herbie, se levantou e fez uma pequena reverência e disse que era o dono do helicóptero.

– SIM, MAS QUEM *É* O SENHOR? – a vovó trovejou.

– Meu nome é Herbert Goldman – Herbie falou. – Sou diretor da Goldman Picture Company e tenho o prazer de dizer que esta tarde fechamos um contrato com o seu filho para escrever o roteiro de um grande filme ambientado no século XII, na Grã-Bretanha, chamado *As filhas do Rei Arthur*.

– Ficamos em reunião com nossos advogados durante todo o dia, e meu telefone estava desligado – o papai disse. – Não podia contar a ninguém até agora, porque tive de prometer sigilo e não queria criar falsas esperanças. Trabalhei nisso durante todo o período escolar.

– Ah, meu Deus! – Flora falou. – O cabelo comprido! O telefone! Os jeans de marca! Todas aquelas perguntas malucas! Pensamos que você estivesse tendo um caso!

– Não! – e o papai olhou para cada um de nós. Todos concordaram.

– EU DISSE QUE VOCÊ DEVERIA CONTAR ALGUMA COISA – a vovó falou.

– A mamãe sabe? – Flora perguntou, e ficamos quietos por alguns instantes pensando na mamãe.

O telefone do senhor Goldman tocou naquele momento e ele saiu apressado.

– Sinto muito – papai sussurrou. – Sei que tem sido difícil, mas vocês têm de entender quanto eles estão me pagando para isso. Para ser honesto, chega a ser chocante. Nunca vi tantos zeros num cheque. Na verdade, pedi demissão da universidade.

O senhor Goldman voltou e anunciou que seu helicóptero ia levá-lo ao hotel e perguntou se alguém queria uma carona. O policial Roberts, áspero, disse que não, que ele e o papai iam a pé para a delegacia, e o papai disse que não pretendia ir à delegacia. O policial disse que o papai deveria ter cuidado para não acrescentar "resistência à prisão" à sua acusação de "agressão a menor"; foi então que a vovó perguntou ao policial O QUE, AFINAL, ELE ESTAVA FAZENDO LÁ. E foi sua vez de se envergonhar e contar que tinha vindo nos dizer que as crianças tinham sido avistadas na estação de Warwick antes de serem levadas num helicóptero.

– Pensamos que tinham sido sequestradas – ele explicou, com dignidade. – Não é o tipo de notícia que desejamos dar por telefone.

– Por que *você* não telefonou quando os encontrou? – Flora perguntou ao papai.

– Tentei. Mas estava dando ocupado.

– O senhor é um perigo para a sociedade e para estas crianças – o policial Roberts disse.

– O senhor pegou o homem errado – papai gritou, o que pode ser uma boa fala num filme, mas na nossa cozinha pareceu exageradamente dramática.

– Posso provar – falei. Então todos se viraram para mim. Corei e mostrei minha câmera. – Ele estava apenas defendendo Flora. Ele foi um herói. O senhor vai ver, filmei tudo.

Sábado, 24 de dezembro: à noite

Depois de ver meu filme o policial Roberts não levou o papai para a delegacia, mas à casa dos avós de Joss. Disse que entendia que o papai tivesse ficado tão zangado, mas que Joss era menor, e mesmo que pelo visto todo o mundo estivesse atacando todo o mundo, quebrar o nariz dele era um pouco de exagero e a família de Joss podia querer prestar queixa.

O senhor Goldman os viu se afastar, pensativo. – Talvez um dia possamos fazer um filme sobre a sua família – ele me disse, e me deu seu cartão. – Telefone se estiver interessada – completou.

Então se despediu de todos e foi embora, simplesmente, em seu helicóptero.

Papai parecia muito satisfeito quando voltou. Contou que o senhor e a senhora Bateman não iam prestar queixa e acabaram admitindo que Joss viera para Londres porque vivia se metendo em encrenca em sua antiga escola, não apenas por causa de brincadeiras como a dos ratos ou por matar aula, mas por coisas mais sérias, como roubar, beber e se meter em brigas.

Pelo jeito, ele, CJ, Sharky e Spudz brigavam o tempo todo, e a gota-d'água para os pais de Joss foi quando ele deu um soco no rosto de um garoto, numa festa, porque cismou com o jeito como ele estaria olhando para Kiera. Seus avós disseram que tinham ficado muito satisfeitos quando Joss começou a sair com Flora, porque ela parecia ter uma boa influência sobre ele. Mas, quando papai perguntou por que ele e Flora estavam brigando, Joss admitiu que tinha mentido para ela sobre Kiera. Ela havia terminado com ele depois da história do soco na festa, mas, quando soube que Joss estava saindo com alguém em Londres, percebeu que, afinal, ainda gostava dele. Então Kiera e Joss voltaram a sair, mas Flora descobriu, gritou com ele por telefone e Joss ficou realmente triste, porque percebeu que na verdade também gostava de Flora. Ele veio a Londres para tentar voltar com Flora, só que as coisas não saíram conforme o planejado.

– Ninguém se mete com a minha filha – papai falou. Flora começou a chorar de novo e perguntou se achamos que ela deveria perdoar Joss ou nunca mais falar com ele; e vovó disse SE VOCÊ PERDOAR ESSE GAROTO *EU* NUNCA MAIS FALO COM *VOCÊ*.

Foi um dia estranho. Fomos todos dormir por volta das 3 h da manhã, e, quando nos levantamos, era o dia de Natal, a vovó estava preparando um lauto café da manhã e o papai estava fazendo vinho quente. A lareira estava acesa, havia luzes na árvore e nós quatro fazíamos um boneco de neve no jardim.

Mas nós somos assim, os Gadsby. O Natal para nós é diferente, e o boneco de neve, na verdade, mais parecia uma boneca de neve, porque sem nos consultar Jas tinha ido ao meu antigo quarto e tirado da caixa de trás do armário, onde ficavam as coisas de Iris, seu chapéu vermelho de Papai Noel. Era um chapéu com longas tranças louras penduradas nas laterais. Não conseguimos deixar de rir ao vê-lo, e logo depois nós todos também choramos um pouco, porque, desde que tinha 5 anos, Iris usava aquele chapéu todo Natal.

– Foi errado? – perguntou Jas. – É que eu sempre olho aquela caixa, e achei que seria legal.

– Ah, Jazzy – Flora puxou Jas para lhe dar um beijo. – Claro que não foi errado. Foi lindo.

– Eu também olho a caixa dela – Twig falou. – E às vezes me deito na cama dela.

– Eu finjo que na verdade a minha sombra é Iris – eu falei. – Às vezes converso com ela.

Eles todos me encararam. – Isso é meio louco, Blue – Flora disse, mas seu sorriso se contorceu um pouco, e aí Jas começou a chorar tão alto que foi bem difícil entender o que dizia, mas quando entendi tive vontade de chorar também.

– Não me lembro dela! – Jas gritou. – Cheiro as roupas dela e toco nas suas coisas, mas quando fecho os olhos NÃO CONSIGO LEMBRAR COMO ELA ERA REALMENTE!

– Nem eu – Twig sussurrou. – É por isso que também faço a mesma coisa.

Flora passou os braços em torno dos dois.

– Diga alguma coisa – ela sibilou para mim. – Diga alguma coisa para eles lembrarem.

Não consigo, eu queria dizer. *Não consigo falar de Iris, simplesmente não consigo.* Mas todos continuaram me olhando, com os olhos arregalados, os lábios trêmulos e expressões suplicantes, e de repente eu soube exatamente o que dizer, e comecei a sorrir.

– Ela era mandona – falei. – Era corajosa, e sabia subir em árvores muito bem. Nunca prestava atenção em nada do que os outros falavam e nos fazia lavar os gatos com xampu.

– Não só os gatos – Flora também estava sorrindo. – Os cachorros também. Certa vez até um rato-do-deserto.

– Fazíamos competição de sorvete – lembrou Twig. – Para ver quem conseguia tomar mais depressa. Eu ficava com dor de cabeça, por causa do frio, aí ela me fazia pôr chapéu.

– Ela me ensinou a cavalgar no sofá da sala – sussurrou Jas. – Me fazia sentar no braço e fingir que estava trotando.

– Ela roubou minhas melhores camisetas – Flora contou – e as vendeu no bazar da escola, para arrecadar dinheiro para os pandas chineses.

Ficamos ali sentados um tempão, nós quatro, aconchegados na neve; cada lembrança e cada história levava a mais lembranças e histórias. O frio e a umidade atravessavam nossos jeans e casacos. Jas ficou com os lábios azuis, e Twig começou a bater os dentes, mas, quando a luz se apagou e vovó nos mandou entrar, não queríamos ir.

Ela ainda está lá fora, a nossa boneca de neve Iris, cuidando do jardim.

Cuidando de nós.

Hoje de manhã havia uma mensagem da mamãe na secretária eletrônica. Ela a deixou às 22h30, horário de Nova York, ou seja, logo depois que fomos para a cama; ela dizia que tinha encontrado um voo para Paris e que não sabia muito bem como viria de lá, mas que nos amava muito, muito.

— Paris? — Flora perguntou.

Repetimos a mensagem. Ela realmente disse Paris. Papai passou o dia todo tentando falar com ela. Sabemos que ela está na Europa, por causa do toque diferente, mas não temos a menor ideia de onde.

— Não há trens — papai gemeu. — Não há *ferryboats*; os aeroportos ainda estão fechados. O que adianta ela estar em Paris?

— Talvez esteja com Zoran — Jas sussurrou.

— Paris é grande, meu amor — papai respondeu.

Ela telefonou na hora do almoço e falou com o papai.

— O que ela disse? — Flora perguntou.

— Não sei dizer — ele admitiu. — Ela não parava de chorar.

Twig atendeu quando ela ligou na hora do lanche.

— Alguma coisa de túnel — ele falou. — E de fila, de reserva e de espera.

Papai tentou ligar para a mamãe de novo.

— E também — Twig acrescentou — falou de usar o telefone de alguém porque a bateria dela tinha acabado.

A campainha da porta tocou às 21h30. Os bebês pularam do sofá para atender.

— PARTE O MEU CORAÇÃO — vovó realmente enxugou uma lágrima. — NÃO PODE SER ELA.

Nós nos aglomeramos na janela para olhar.

— É ZORAN! — Flora gritou, e saiu correndo da sala. Quando papai e eu chegamos ao corredor, a porta da frente estava escancarada, e a neve entrava. Zoran estava na soleira da porta com um casaco de lã de carneiro e seu chapéu de pele, com um bebê agarrado em cada perna e Flora pendurada no pescoço.

— Mas como? — papai perguntou. — Quer dizer, por quê? E onde...?

Zoran riu. É incrível como três semanas em Paris podem mudar um homem. Para começar, ele tinha raspado a barba, e nunca o vi com uma aparência tão feliz, nem mesmo ao piano.

Ele colocou o dedo nos lábios. – Psiu. Venham aqui fora.

Havia um carro novo estacionado na frente da casa. Quer dizer, era um carro velho, mas que nunca tínhamos visto antes.

– Um Renault 5 – disse Twig, que percebe essas coisas –, um modelo que pararam de fabricar em 1991, com o volante do lado errado.

Um Renault 5 com o volante do lado errado, e a mamãe dormindo no banco do carona.

– Psiu – fez Zoran novamente. Ele sorria de orelha a orelha. – Ela está dormindo bem desde que saímos de Dover.

Então, comemoramos nossa véspera de Natal, de um jeito ou de outro. Vovó fez sanduíches e cortou mais bolo, papai aqueceu mais vinho e sentamos ao redor do fogo até depois da meia-noite. Os bebês contaram mais uma vez como foram buscar o papai em Warwick para trazê-lo para casa. Papai nos contou tudo sobre o senhor Goldman, o filme e sua nova carreira como roteirista.

– Eu disse que conseguiria – ele disse a mamãe, que falou que nunca duvidou nem por um momento, só não entendia por que ele não poderia trabalhar em casa. E então, antes que eles começassem a discutir, a vovó disse CONTE-NOS O QUE ACONTECEU COM VOCÊ, CASSIE. Então a mamãe assoou o nariz e nos contou que usou o restinho da bateria do seu celular para ligar para Zoran. Ele foi encontrá-la no aeroporto, num carro emprestado, e continuou rumo ao norte, até chegarem à Inglaterra.

– Esperamos horas no túnel – ela falou. – *Eu disse* a você quando telefonei.

– Mas não entendi direito – Twig respondeu.

– Vou levar o carro de volta depois do Natal – Zoran explicou. – Quando parar de nevar.

– Mas a sua família! – Flora exclamou. – O Natal!

– Tem que ver com as pessoas que você ama – ele sorriu.

A vovó contou que o papai tinha salvado Flora. Papai corou e disse: – Sei que passei um pouco dos limites – e mamãe riu. Zoran fez cara de zangado e disse que nunca confiou naquele garoto.

– Não vou mais embora – a mamãe prometeu. – Não estou nem aí para a Bütylicious e seu trabalho idiota. Nunca mais vou deixar *nenhum* de vocês – o papai parecia não acreditar completamente, mas estava de fato muito feliz por ouvi-la.

Quanto a mim, não disse nada, como sempre. Só fiquei observando. À meia-noite, papai serviu mais copos de vinho quente, canecas de chocolate e xícaras de chá, e nós bebemos por Iris.

– E por todos os outros que foram antes de nós – vovó falou suavemente, depois de termos bebido, e eu sabia que ela estava pensando no vovô.

– A todos os que se foram antes de nós – murmurou Zoran, e eu sabia que ele estava pensando em seus pais.

Zoran me surpreendeu olhando para ele, e sorriu. Aí, como um sorriso parecia não bastar, deslizei da minha poltrona e o abracei.

Se fosse um filme, a câmera teria dado um zum em cada um de nós. Quando bebemos por Iris, vi quanto ela significava para nós. Não apenas para a mamãe, para o papai e para mim, mas para Flora, Jas e Twig, e para a vovó também. Assim, a câmera não se deteria em ninguém. Faria uma lenta panorâmica de uma pessoa para a outra e, em seguida, se afastaria até que estivéssemos todos na foto, seus pais, sua avó, sua irmã gêmea e seus outros irmãos, e um homem que nunca a conheceu mas que agora também nos ama e que a teria amado se a tivesse conhecido.

A família de Iris. Minha família. Todos nós juntos.

Domingo, 25 de dezembro

Muitas coisas boas aconteceram hoje.

Hoje, a mamãe e o papai se beijaram debaixo do visco. Tivemos de forçar, mas, quando começaram, não pararam mais.

Hoje, de algum modo, apesar do voo atrasado, da neve, do contrato de filmagem assinado na última hora, havia presentes debaixo da árvore.

Hoje, Zoran e vovó juntos prepararam a maior refeição que acho que já comi, e depois do almoço cantamos canções de Natal ao redor do piano.

Jake apareceu enquanto estávamos cantando. Disse que estava a caminho do parque, porque estava entediado, como se não soubéssemos que, para ele, vir aqui é um desvio enorme. Ninguém disse nada, mas Flora piscou. Ele ficou para o lanche, e foi bom.

O diário filmado de Bluebell Gadsby

Cena 20 (transcrição)
O nascimento do Menino Jesus

DE MANHÃ BEM CEDO. NA CASA E NO JARDIM.

A câmera se mexe para cima e para baixo, revelando calças de pijama enfiadas em quatro conjuntos de botas de neve, correndo tão silenciosamente quanto possível quando se trata de botas de neve correndo escada abaixo, pelo mármore preto e branco do *hall* da entrada, desacelerando nos degraus gelados da varanda e retomando a velocidade na neve pisoteada do gramado. A câmera faz uma panorâmica para cima, movendo-se para todos os lados. FLORA corre na frente, com a camisola rosa e verde aparecendo sob um grosso moletom cinzento. TWIG e JAS vão atrás, enrolados em cobertores. Não vai demorar para amanhecer, e as cores ainda estão esmaecidas, o céu está azul pálido manchado de rosa e ouro.

A câmera para, mais uma vez, perto das duas gaiolas dos ratos. Com muito cuidado, Twig abre a tampa da gaiola das fêmeas e afasta o ninho de palha no cantinho de dormir, revelando uma ninhada de ratinhos minúsculos, uns enroscados nos outros.

TWIG
(exultante)
Eu sabia que estava acontecendo alguma coisa! Eu senti! Sabia que eles chegariam no Natal.

JAS
Ah, que gracinha! Podemos chamar um deles de Jesus?

FLORA
Pensei que essa fosse a gaiola das fêmeas! Joss disse…

CINEGRAFISTA (BLUE)
Joss não perceberia a diferença entre uma fêmea de rato e uma preguiça hibernando.

Flora e Blue começam a rir. Elas riem até a câmera tremer, as lágrimas escorrem pelo rosto de Flora e ela tem de cruzar as pernas para não fazer xixi. Riem até o visor mostrar apenas o chão coberto de neve, e os bebês também riem. O riso dá lugar a arfadas.

FLORA
Vamos tomar café antes que Zoran e vovó se
levantem e nos expulsem da cozinha.

Twig fecha a tampa da gaiola dos ratos e segue
Jas e Flora até a casa. A cinegrafista demora um
pouco mais. Quando está sozinha, se afasta da
copa das árvores e levanta a câmera na direção
da varanda do quarto do sótão do vizinho. Uma
sombra está lá em cima, observando. A imagem volta para baixo, mostrando uma vista da casa a
partir do fundo do jardim.

CINEGRAFISTA
Esperem por mim, estou morrendo de fome!

A imagem treme quando Blue começa a correr. Ela
para no alto da escada da varanda. Flora se inclina para a imagem e arranca a câmera das mãos
dela.

CINEGRAFISTA (FLORA)
Sempre quis dar uma olhada nisso.

A imagem entra e sai de foco. A voz de Blue, em
off, diz para Flora devolvê-la. Flora diz que
não. A imagem continua dançando, então para
num *close-up* do rosto de Blue.

                    CINEGRAFISTA
                  Peguei você!

A câmera dá um zum até que na tela se vê apenas
o riso de Blue.

A tela escurece.

                      FIM